孙频 著

棣棠之约

中篇

天津出版传媒集团

百花文艺出版社

图书在版编目（CIP）数据

棣棠之约 / 孙频著. -- 天津：百花文艺出版社，
2023.9
　（百花中篇小说丛书）
　ISBN 978-7-5306-8510-5

　Ⅰ.①棣… Ⅱ.①孙… Ⅲ.①中篇小说-中国-当代
Ⅳ.①I247.5

中国国家版本馆 CIP 数据核字(2023)第 117136 号

棣棠之约
DITANG ZHI YUE
孙频　著

出 版 人：薛印胜　　选题策划：汪惠仁
编辑统筹：徐福伟　　责任编辑：齐红霞
装帧设计：任　彦
出版发行：百花文艺出版社
地址：天津市和平区西康路 35 号　　邮编：300051
电话传真：+86-22-23332651（发行部）
　　　　　+86-22-23332656（总编室）
　　　　　+86-22-23332478（邮购部）
网址：http://www.baihuawenyi.com
印刷：山东临沂新华印刷物流集团有限责任公司
开本：700 毫米×980 毫米　　1/32
字数：56 千字
印张：5
版次：2023 年 9 月第 1 版
印次：2023 年 9 月第 1 次印刷
定价：36.00 元

如有印装质量问题，请与山东临沂新华印刷物流集团有限责任
公司联系调换
地址：山东省临沂市高新技术产业开发区新华路 1 号
电话：(0539)2925886　　邮编：276017

孙频 / 作者

女,1983 年生,毕业于兰州大学中文系。2008 年开始小说创作,已出版长篇小说《绣楼里的女人》、小说集《隐形的女人》《同体》《三人成宴》《不速之客》《无极之痛》《疼》等。作品多次入选各种选刊、选本。中篇小说《醉长安》获第十五届《小说月报》百花奖。现为江苏省作家协会专业作家,中国作家协会会员。

一

　　多年前，我们三人经常一起结伴去看黄河，就像去看望一个很古老很古老的祖先。

　　黄河当初从青藏高原上下来便决心去往大海，于是一路东行，经过了黄土高原和河套平原，经过高原、沙漠、绿洲、草原。漫漫时光里，它大部分时间匍匐着走，偶尔会忽然站起来，大概是孤独得太久了，它会以瀑布的姿势大声喧哗几句，唾沫四溅，然后继续匍匐赶路。在水草丰茂的草原上，它会把自己折叠成优美的九曲蛇形；在黄土高原上，它会凶悍磅礴地甩出一个巨大的"几"字形。一条大河孕育出了城邦、村庄、古渡，孕育出仰韶文化中诡异的旋涡花纹和古老的羊皮筏子，还有幽寂绚烂的黄河壁画。

我们三人就在黄河边的峭崖上发现了一处黄河壁画。在绵延几里的赤色峭壁上全是被黄河水冲出的天然石画像，像人在天上，又像神降人间，人、神、花、鸟、兽、山、水，似乎全聚在一起了，分不清哪里是天、哪里是地、哪里是河，只见众神同欢，万物生长，天地间一片混沌。峭壁下是奔流而过的黄河水，再往前便是大石遍布、暗礁林立的碛口，水深浪急，船走到这里就不敢再往前走了，于是很早以前这里就形成了一个黄河古渡头，叫碛口渡。古时，那些从黄河上游满载着毛皮、油料、粮食、盐碱、中药的大船走到这里便无法再前行了，船上的商人们只得弃船走陆路，用骆驼和骡马把船上的货物运出去。所有的商人和驼帮都要从碛口唯一一条青石板路上走过。石板路的另一侧就是黄河，大河日夜不息地流淌，夕阳坠入河中的时候，河水会变成炫目的金色，有月光落在河里，河水就变成了银色，闪着霜一样的清晖。

　　我和戴南行、桑小军每次都是吃了午饭从学校出发，步行到黄河边的时候，往往夕阳已经开始落山，从两山之间穿过的黄河被染得通体金黄。从山顶上看过去，寸草不生的黄土山、金色的大河、天火般的落日余晖交织在一起，共同构筑成了天地间一座恢宏壮丽的城邦，一座只属于我们三个人的城邦。在这座秘密城邦里，我们观赏过落日焚烧着山河，等待着明月从山间升起，当月光乘着浩荡长风，大河也变得冰清玉洁。到了夜里，有时候我们借宿在碛口渡的窑洞里，有时候干脆躺在河边的巨石上，石上尚有阳光的余温，我们沐着星光，枕着碛声，彻夜聊诗歌、聊文学。

　　还有的时候，我们会沿着黄河北上，一直走到乾坤湾，那是一段黄河古道，越弯曲的河流便越古老，这种古河道的河岸都是夹心的，一层一层纹理清晰,中间有一层黑色的鹅卵石,而一百多万年前黄河刚形成的时候,这层鹅卵石就是黄河的河床。准确地说,让我们感到震撼的其实是时间,那么古老又苍茫无际的时间,居然被封存在一块块石头里。爬到山顶往下一看,一个形似太极图的大河湾赫然在目,那是真正的鬼斧神工。我们惊叹河流在大地上竟可以行走得如此优美壮阔,只是久久呆立在山顶上,全然忘记了时间和归途。

那是一九八四年,我们正在读师专。我们那所师专可以算是全中国最偏僻的一所师专了,藏匿在黄土高原深处的褶皱里,向西步行半日就到了黄河边,黄河的对岸就是陕西,两岸的人会划船去对方的地盘上赶集、娶亲。我们师专所在的那座小山城,在汉代曾是匈奴的国都,旁边还有大戎、小戎、西落鬼戎、奔戎这样的部族,所以当地人多有少数民族血统,喜欢吃牛羊肉,喜欢大碗喝酒。就在我上师专的时候,小城街头还时常能看到骑马出行的人。

初到师专的时候,我感觉自己一下被放逐到了时间的尽头、文明的尽头,华夏文明到此为止,再往前一步,就是异族的文明了。同学里面,如我一般的失落者其实不在少数,居然被贬谪到这样的深山里来上大学,简直去上个课都得骑骆驼,真够复古的。但就是在这样的深山里,在文明的断层处,我居然也结交到了两三知己,戴南行和桑小军就是那时候认识的。

戴南行其实比我们高一届,他本来上的是物理系,因为热爱文学,执意要转到中文系,为此不惜留级一年,于是和刚入校的我们成了同班同学。初见此人是在宿舍里,报到完之后我心情不佳,正在上铺躺着发呆,忽见门里飘进来一个男生,又高又瘦,一头长发,穿着喇叭牛仔裤、尖头皮鞋,巨大的黑框眼镜遮住半张窄脸,这么时髦的打扮在学生中绝无仅有。来人把一卷被褥轻飘飘地扔到了我下铺,睃巡四周,发现上铺还躺着一个人,立刻来了兴趣,他扑到我床边,向我递过一只细长白净的手来,我半天才弄明白,原来他是要和我握手。这么隆重的礼节我还是第一次见。握完手之后,他便把他的头搁在了床边,他个子又高,正好能把一颗头完整地搁在我床边。从我的角度看过去,便觉得是他把自己的头摘下来摆在那里,正喋喋不休地和我说话。那颗头兴奋地问我,你喜欢读谁的诗? 我正在思忖是说北岛还是舒婷,那颗长发飘飘的头已经很得意地说,你肯定准备说朦胧诗吧? 我喜欢穆旦的诗,他把西欧现代主义和中国传统诗歌结合起来,节奏美、音乐美、建筑美,在穆旦的诗里都能找出来,他是真正的雪莱式的浪漫诗人,我来给你背一段吧:你的眼睛看见这一场火灾/你看不见我,虽然我为你点燃/唉,那燃烧着的不过是成熟的年代/你的,我的。

我们相隔如重山/从这自然的蜕变的程序里/我却爱了一个暂时的你/即使我哭泣，变灰，变灰又新生/姑娘，那只是上帝玩弄他自己。

那是我第一次听说穆旦，心中惊异，连忙从枕头下面抽出自己的几页诗稿递给来人，嘴里说，那你也写诗吗？看看我写的诗怎么样？

我从高中开始悄悄写诗，并经常为自己经营的这片秘密花园感到得意。此人用极为细长的手指接过诗稿，飞快地扫了两页，然后把长发使劲往后一甩，露出眼睛，不屑地对我说，你这也能叫诗？就算是诗吧，一看就是你硬找诗，不是诗来找你。我老家有个老玉匠曾经对我说过；玉石与其他石头相比，里面含有更多的阴气，但玉石认主，愿为其主人舍身破命。好的诗也是这样，会前来认主。

我心中一阵羞恼，忽地坐起，赤脚从上铺跳到了地上，只见来人比我足足高出一头，两条腿像蚱蜓一般又细又长,再加上喇叭牛仔裤的效果,更显得全身上下只有两条腿。我不服气地嚷道,你以为就你懂诗?他的长发一垂下来就把眼睛遮住了,他便用力把长发往后一甩,让眼睛露出来,他并不厌烦,好像还很享受这个过程。只见他两眼放光,直着脖子说,里尔克说过,如果写得太早了,我们应该用一生之久,尽可能那样久地去等待,为了一首诗,我们必须去感觉鸟怎样飞翔,知道小小的花朵在早晨开放时的姿态,我们必须能够回想异乡的路途、不期的相遇、逐渐临近的别离,回想那还不清楚的童年的岁月,想到父母,想到儿童,想到寂静、沉闷的小屋内的白昼和海滨的早晨,想到许多的海,想到旅途之夜,在这些夜里万籁齐鸣,群星飞舞。可是这还不够,如果这一切都想得到,我们还必须回忆许多爱情的夜,一夜与一夜不同。

那也是我第一次听到"里尔克"这个名字,我被镇住了，头耷拉下去，心想，没想到在这山沟沟里，居然也能遇到这等异人。我便问他，你叫什么名字？他龇着牙说，戴南行。我说，怎么起这样一个奇怪的名字？他又笑道，我那父亲一辈子没有去过南方，心之所向，便寄托到我身上来了，结果我不但没去南方，还干脆进这大山里来了。不过，我发现在这大山里也没什么不好，你不要以为这里是边地，这偏僻的地方其实是多种文明的交会碰撞之地。这山里曾经生活过匈奴、鲜卑、突厥、契丹、吐蕃、回纥、粟特，至今有蒙古族、独龙族、藏族、东乡族、普米族、锡伯族、哈尼族等民族，在这里能看到文明积淀下来的清晰纹理，所以，这蛮荒之地其实是一座民族博物馆。这么一想，你不觉得这光秃秃的黄土山也很有意思吗？

我惊讶地问，你是怎么知道的？他仰起头，得意地说，如果你无法发现美，那你在哪里都会很痛苦。

我断定他的家庭一定和我的不同，便有些羡慕地说，可见你父亲也是文化人了。他像没听见，或者是故意回避这个问题，头发又一甩，把两只眼睛扒拉出来，目光炯炯地看着我说，你除了舒婷还知道谁？你看过聂鲁达的诗吗？我来给你背几句：我喜欢你是寂静的，仿佛你消失了一样/你从远处聆听我，我的声音却无法触及你。

　　我有些羞愧，赶紧把话题岔开，说，到饭点了，我都饿了，我们去吃饭吧，我还不知道食堂在哪儿呢。他的长发掉下来，复又把眼睛埋起来，不满地说，什么食堂，还没盖好呢，连张桌子都没有。我说，那怎么吃饭，你已经去过食堂了？他忽然又凑过来，有些讨好地说，吃饭不着急，我们还是聊聊诗歌吧。我不高兴地说，你不用吃饭？你不吃我还要吃呢，你不去我去了。

　　于是他在前面带路，我俩结伴去了食堂，一看，果真还没盖好，只有一个窗口供应面条，打了面条的学生就蹲在食堂门口吃，蹲了黑压压一片。我这才知道戴南行已经在这里上了一年物理课了，因为喜欢文学便留了一级，执意要转到中文系。也是后来才慢慢从别人口中得知，他的父母都是大学老师，在省城的一所大学里教书，他是在省城长大的，却跑到这深山里来上大学。不过他对自己这样的家世只字不提，甚至厌烦别人提起，事实上，他对所有精神性之外的事物都只字不提，自动与世俗绝缘，他像一团庞大坚固的气体，一种精神性的存在，而并没有真正的肉身。我时常觉得他属于无形之物，与鬼神、灵魂、时间属于同一物种，它们游荡在难以被肉眼看到的一重神秘领域里。越到后来，这种感觉越强烈，最后，他的肉身彻底委顿，他渐渐变得像幻影，像巫，像宗教。

　　我们各自打了一碗面条，也蹲在食堂门口的空地上吃了起来。我把脸埋进碗里呼噜呼噜吃面条，戴南行却捧着面条只扒拉了几口便放下，又兴致勃勃地对我说，我觉得吧，写诗还是灵感最重要，柏拉图这样说过，灵感是灵魂在迷狂状态中对于天国或上界事物难得的回忆和观照，没有这种诗神的迷狂，无论是谁，都将永远站在诗歌的门外。

他说话的时候，嗓门特别大，神情又夸张，还辅以各种手势，自带舞台感，所以，无论他在何时何地说话，哪怕是在说悄悄话，也像正在剧场里做演讲。他穿着上鹤立鸡群，我们清一色的中山装和布鞋，各个灰头土脸，只有他一人穿着喇叭牛仔裤和尖头皮鞋，全身上下亮闪闪的，越发像他一人站在舞台的灯光里，而我们都坐在观众席上。他在我旁边旁若无人地大声演讲，这既让我感到羞耻，又有几分奇异的荣耀；再加上他读过很多我没有读过的书，又让我一边钦佩他，一边在暗地里还有些怕他。

身边有戴南行这样的人，我生怕被他笑话了，便发奋读书，连初入学时的沮丧也渐渐淡忘了。戴南行很喜欢看书，晚上宿舍熄灯之后，我们躺在床上卧聊一会儿也就各自入睡了，他才点起蜡烛开始郑重其事地看书或写诗，烛光把他的影子投在墙上，石像般庄严，还略带诡异之气，宿舍里每晚萦绕着蜡烛燃烧的香味，以至于我每次半夜醒来，都有一种置身于寺庙里的恍惚感。后来宿舍里有人有了意见，说半夜点着蜡烛睡不好觉，还有人担心他点着蜡烛就睡着了，哪天一把火把宿舍给烧没了，八个人烧成一堆骨头，谁是谁都分不出来。这时戴南行又发现了一个新的去处，他发现阶梯教室是可以不熄灯的，于是晚上便跑到阶梯教室，通宵达旦地待在那里看书写诗，等到第二天早晨，我们洗把脸正匆匆往教室赶的时候，他悠然晃回宿舍睡觉去了。他已经发现有些课讲得实在是索然无味，便干脆逃课,并嘱咐我,如果有老师问起,就说他重病在身,没法去上课。我说,你得具体点,你这病到底有多重,我又不会编。他咧开大嘴,很快乐地说,老赵,我就喜欢你这点,连假话都不会说,老实得可爱,你想怎么编就怎么编,半身不遂啊,病入膏肓啊,奄奄一息啊,都行。

后来我又发现,晚上他也不是彻夜待在教室里看书写诗。有一段时间我失眠得厉害,每每睡到半夜醒来就再睡不着了,听着宿舍里此起彼伏的鼾声,只觉得自己独自沉入了一片水底,别人却都在我头顶兴致勃勃地划着船。在床上翻来覆去又怕把别人惊醒,于是,刚刚挨到窗户里的天光泛起一点点青色,我便赶紧穿好衣服溜出了宿舍。整个校园还在沉睡,没有一个人影,天地间一片阒寂凛冽,似乎整个世界都变成了废墟,只在东方的尽头燃烧着些微的猩红色。我感到一种前所未有的孤独,正漫无目的地在校园里瞎溜达,忽见明冥交界的晨光里似乎孵出了一个人影,我顿时觉得我和这个人是这世界上仅剩的两个幸存者了,便加快脚步向那个人影走去。

晨光一寸寸地被点亮了,对面的人影也渐渐长出了眉眼、长发、长腿,甚至长出了一副巨大的黑框眼镜。我心想,这人怎么长得这么像戴南行。待到几步之遥的时候,对面的人影忽然伸出细长的手指要和我握手,老赵,你也在漫游啊。除了戴南行还会是谁?!我说,老戴?你大半夜去干吗了?他站定,把长发往后甩了甩,昂首说,漫游去了。我惊异地说,你大半夜去哪儿漫游了?他指了指学校外面的后山,我昨日去山上赏落叶,真是好景致,无边落木萧萧下,因舍不得离去,不知不觉到了天黑,就在山上的那座庙里躺了一宿,真正是好,躺在庙里就能看到月光,身上盖的也是月光,可谓表里俱澄澈,那可真是赏月的好去处啊,再带上一壶酒就好了,可以举杯邀明月。

我倒吸了一口凉气,后山上确实有一座破庙,不知道是哪个朝代留下的,几近坍塌,又紧靠坟地,据说时常有狐妖在庙中出没。我皱着眉头说,就你一个人?也不害怕?他诧异地说,害怕?那么孤绝美好的月光,怎么会害怕呢?我昨晚在月光下还想出两句诗来:我是大地的守夜人,孤独地守护着大地上的梦。

说到诗歌,我也来了兴致,很想卖弄一下自己最近所读的书,于是两个人便站在半青半白的晨光里谈论起了诗歌。山上入秋早,早晚时分已经有了些寒意,我忍不住缩起脖子,把两只手拢在袖子里,戴南行虽然衣裳单薄,又刚刚在山上冻了一宿,但看起来却仍是器宇轩昂,长发在风中飘扬,挑在细长的脖子上,像面旗帜。他一手插裤兜里,另一只手比画着，一边慷慨激昂地谈论诗歌一边把唾沫星子喷了我一脸。我则一边对答一边不时掏出手帕来擦脸。事实上，在后来的很多年里都是这样，他一边旁若无人地大声演讲，一边把唾沫星子喷到我脸上，喷到我面前的酒杯里、碗里，我则镇定地从口袋里掏出手帕擦脸。后来手帕这东西基本已经绝迹了，我却仍然保留着几块文物一般的手帕，并随时随地携带在身边，以至于我一掏手帕便有人惊呼，你这是手帕？哪儿来的古董？

我俩站在那里足足争论了有两三个小时，竟不知道天光何时已大亮，直到夹着课本去上课的学生陆陆续续从我们身边走过去，我们才意识到时间，但仍然没有争论出什么结果，谁也说服不了谁，最后戴南行冲我大喝一声，老赵，我要和你绝交。我也大声回应道，好。虽然我们两个人怪模怪样地横在道路中间，戴南行的嗓门儿又是几米之外都听得清清楚楚,但路过的学生却并不多看我们一眼。因为那实在是一个属于诗歌的时代,走在校园里,迎面而来的每个人都像饱含酒神精神的尼采,即便是校门口卖烧饼的小贩,也能随口和人谈论几句诗歌,以至于到了后来,我们把那个时代神话了,总是动辄缅怀。

过了很久我才慢慢想明白,一个所有人都在谈论诗歌的时代其实并不正常,但像二十世纪九十年代那样,所有的人都在谈论下海经商显然也不正常,二〇〇〇年之后,网络加入人世间,社会变得更光怪陆离了一些,却又连八十年代那点可爱的土气也荡然无存了。而戴南行的过人之处就在于,八十年代他是个诗人,九十年代还是诗人,二〇〇〇年之后仍然是个真正的诗人。

他喊完绝交之后就回宿舍睡觉去了,我则跑到教室里去上课。第二天他便忘记了昨日说过绝交的话,站在高低床前,他把一颗乱蓬蓬的脑袋搁在我的床板上,得意地把一首新诗递给我看。我说,老戴,咱俩不是已经绝交了吗?戴南行惊讶地看着我,有吗?什么时候的事?我怎么不记得。过不了几日,我们再次因为诗歌发生争执,仍是各执一词,于是他又隆重地向我宣布,老赵,我一定要和你绝交。第二天他又颠儿颠儿跑过来找我。如此反复多次,到下一次又发生争执的时候,不等他开口,我就主动先替他说出来,老戴,我要和你绝交。也算为他省下了二两力气。

二

　　不觉就到了新年,刚刚下过一场大雪,放眼望去,整个黄土高原被白雪覆盖,那些干渴的黄土山好像忽然之间燃尽了所有的金色,只剩下一种骨灰般的白,洁净冰凉又无比盛大,连灰蒙蒙的小山城都变得晶莹剔透起来,像童话里的宫殿。在这黄土高原深处,能属于我们的颜色实在太少了,除了黄色就是黄色,于是连冬天都成了我们的节日,因为它会把洁白的大雪馈赠给我们。

　　新年的晚上,我们八个人聚在宿舍里,从食堂打了一脸盆饺子来,又拿出一包炒花生、一瓶劣质高粱酒,两张破木桌往一起拼,八个人便围成一圈吃喝起来,有的坐床上,有的坐椅子上,眼看还是坐不下,我便干脆坐到了上铺,由他们下面的人给我运输饺子和酒。大家正狼吞虎咽地抢着吃饺子，戴南行忽然起身，像变魔术一样变出了一个铝饭盒，然后打开饭盒，单手托着，一边展示给众人看，一边得意地说，这是戴某人献给大家的新年礼物，人人有份，不能多也不能少。我居高临下地往那饭盒里一瞅，只见饭盒里躺着八个饺子，看起来和脸盆里的没什么不同，心想他又在搞什么鬼。

戴南行给每人分了一个饺子，我也分到一个，也没多想，顺手就塞到了嘴里。一口下去，我在上铺呆住了，下面的几个人也都呆住了，整个宿舍出现了一刹那的冻结，接着就是戴南行的一阵狂笑，他一边笑一边使劲拍着桌子。原来他悄悄把这八个饺子掏空了，把一块巧克力塞了进去，做成巧克力饺子送给我们当礼物。巧克力是我们平时根本吃不到的稀罕物，每个人含在嘴里都不忍心咽下去，我把那块巧克力在舌头下埋了很久，直到它完全化掉。

那是我第一次体会到什么叫礼物,在收到礼物的那一刻,忽然有种被点亮的感觉,被自己身体里的蜡烛点亮。这使我感受到生活竟有它精巧和奇妙的一面,只是那一面不会轻易被人看到。也许别人的感受也和我相似吧,因为多是农家孩子,家境贫寒。出于掩饰,几个人一起动手把他按在了床上,我也从上铺跳下去,一边回味着巧克力的余香,一边喊着,快罚他酒。众人七手八脚地灌了他几杯酒才作罢,半醉的戴南行站起来,站在宿舍中央,使劲把长发往后一甩,仰着头说,还有一件礼物要献给我们的新年,献给节日,因为节日本身就代表着虔诚的祭祀。法国诗人瓦雷里曾这样说过,上帝无偿地赠给我们第一句,而我们必须自己来写第二句。这首诗的第一句正是来自黄土高原,所以我把它也献给黄土高原:

从北上灌木的枯枝

从空无一人的土窑破碎的窗纸

黑色的风呼啸而过

横卧于荒芜之床

承受着时间的鞭刑

我若愚若昏

未来的未来

我的灵魂不断消融

而我的肉身则是一只埋进时光的杯子

期待着载来初春之雨的一朵云

朗诵完毕,他对着我们庄重地鞠了一躬,我们只觉得头皮发麻,便使劲鼓掌。这时候他忽然穿起棉衣,脚步跟跄地往外走,我追了出去,问,老戴你这是要去哪里?戴南行头也不回地说,去看书,天黑了,我的生活才真正开始了,我是大地的守夜人嘛。我在他身后说,你喝了这么多酒还看什么书,快回宿舍睡觉吧。他已飘然而去，只让北风给我捎来几个字，能有什么事。我看着他的背影渐渐消失在黑暗中，忽然觉得这一幕有些似曾相识，确实，我不是第一次见到他这样了，毫无征兆地，忽然从热闹的人群中把自己拔出来，掷向清冷孤独之处。

到了晚上十一点多，宿舍里的其他人因为喝了点酒，基本都睡下了。我喝得最少，躺在床上忽然想起戴南行，心里总觉得有点不踏实，思谋一番，还是穿衣下床，悄悄出了宿舍。月亮高悬在夜空，伴着几颗疏朗的寒星，银色的月光照着地上厚厚的积雪，积雪反射着冷冷的宝石一样的光华，把夜晚照得如同一种白昼，一种很奇异的白昼，更像是白昼落在晚上的一个梦境，一切都发着光，一切都是邈远温柔的。我先是去了阶梯教室，教室里亮着灯，有一个学生在看书，但不是戴南行。我心里咯噔一下，心想他能去哪儿呢，不会是踏雪去后山的破庙里赏月去了吧？我一边在校园里漫无目的地走着，一边到处找寻他的踪影，走到图书馆前面的空地上，就着月光忽然看到前面似乎躺着一个人，我赶紧跑过去一看，果然是戴南行。

我连忙拉他起来，他不肯，还要躺在雪地里，我有些急了，说，老戴，你躺在雪地里不冷吗？他眼睛仍望着夜空，语气很平静，倒不像是喝醉的样子，只听他说，不冷。我说，你大半夜躺在这里干吗？他虽然能听到我的声音，但似乎并不是在和我对话，仍然对着夜空，温柔平静地说，我在仰望星空，我在寻找那些古老的星座。我说，你快拉倒吧，在这里躺一宿非把你冻死不可。说着又伸手去拉他，他的手已经冰凉，但还是执意不肯起来，一定要坚持躺在雪地里仰望星空，我便连拉带拽地把他硬拖起来，拖回了宿舍。他一边跟跟跄跄地被我拖着走，一边还在严肃地向我抗议，为什么不让我看星星？你说，为什么不让我看星星？星空辽阔灿烂，宇宙的秩序优美而永恒，而我们，我们又算什么？我一想到这里就觉得无比悲伤。

我说，你先不用悲伤，等着明天感冒吧。

果然，第二天戴南行便开始发烧，我请了假在宿舍照顾他。我说，老戴，要不是我半夜三更地出去找你，估计你现在已经变成鬼了，等你好了得请我喝顿酒。

那时候想喝点酒真是不容易，酒都是凭票供应的，也只有在过年的时候才能供应一瓶。为了解决喝酒的问题，戴南行曾试图给我们酿过各种酒。他跑到柳林的黄河滩上，那里种着很多枣树，摘了红枣回来，把枣捣碎，放在一个坛子里，坛子里加点酒曲，然后密封起来等枣发酵，半个月之后，把果汁滤出来再进行第二次发酵，再过个把星期，一坛红枣酒就酿好了。除了红枣酒，他还酿过杏子酒、沙棘酒、山梨酒、野葡萄酒,甚至还把一种叫龙葵的野果采来酿酒,酿好的龙葵酒色如墨汁,蘸着都可以写字,让人望而生畏。戴南行不管,先自斟自饮起来,几杯酒下肚之后,嘴唇和舌头都被染成了黑色。他趁着酒兴演讲的时候,黑色的舌头在嘴里一闪一闪的,吓得我们都往后退了一圈,空出一个微型广场来。他独自站在广场的中央演讲,黑唇黑舌,激情澎湃,附带着一点果酒的芳香,像一个骄傲而邪恶的国王。

不管怎样,在那个连酒都喝不到的年代里,因为有了戴南行,我们却尝过五光十色的酒,那些酒,有的鲜艳到了恐怖的地步,像毒药。有的具备致幻的功能,因为里面加了曼陀罗花,喝下去之后忽然发现猫变成了老虎,室友都变成了巨人,只有自己变成了小矮人。有的具有强大的麻醉功能,喝了之后可以连睡三天三夜不醒,以至于让别人误以为都可以抬出去下葬了。这些美丽邪恶的酒均出自戴南行之手,到了后来,他手艺越发纯熟,可以把任何一种植物或果实酿成酒,有时候我会觉得,他像个巫师,躲在自己阴暗的城堡里,守着一堆瓶瓶罐罐,配置出各种神奇的魔药,光那些魔药的颜色便足以照亮我们贫寒的师专生涯。

戴南行躺在床上,鼻涕横流,却还是一脸鄙夷地说,我躺在雪地里仰望星空是为了灵感,为了能从宇宙里觅得几首好诗,你坏我的诗兴还没找你算账呢!不过酒还是要请你喝的,我父亲手里还存着两瓶老白汾呢,下学期我拿一瓶过来请你喝。我说,你要偷你老爹的酒啊。他立刻拉下脸来,拧着眉毛说,喝酒是何等风雅的事,怎么能说是偷呢,充其量就是擅自拿出来。等有了好酒,我们拿到后山上,就在那破庙里,你不知道,那真正是个好地方,清静自在,可以在那里一边喝酒一边赏月。

我说,那破庙旁边就是坟地吧,你也不害怕?他淡淡一笑,用纸擤了擤鼻涕,说,所有地方之外的地方,像图书馆、坟地、破庙、半夜的阶梯教室,都是很神奇的地方,我把这些地方统称为异托邦。乌托邦并不是真实存在的,但异托邦却是真实存在的,异托邦其实就是一道有魔法的门,从这里还能去往别处,和别处的别处,但到底会去往哪里,有时候连你自己也无法知道。

我想了想,补充了一句,还有月光下的雪地里。

他拊掌笑道,老赵人虽无趣,但悟性是很好的,又呆又聪明,就像是一种组合动物,比如鸭嘴兽,比如麋鹿,再比如半人马。

我抗议道,你才是鸭嘴兽。

转眼就到了下学期,返校的时候,戴南行果然带来了一瓶瓷瓶装的老白汾,我让他把酒先藏起来,这么珍贵的东西,还是要等到什么重大节日再喝。只见他牛仔裤上突然破了一个大洞,他却浑然不觉,我好心提醒了一下,他却哈哈大笑起来,说,这是我故意剪的,不知道了吧？这是今年最流行的乞丐服。我惊讶道,省城现在流行这种衣服?那直接穿点破衣烂衫不更省事？他不屑再搭话,从包里抽出一个厚厚的信封递与我,我一看,里面装着一沓信,便诧异道,这是给我的?他有些不好意思地说,老赵,这都是寒假里写给你的信,我想和你说话的时候就给你写信,只是没有给你寄过去,现在觉得还是物归原主比较好,这些信一旦写了就是你的了,还给你,不过你看的时候一定要一个人躲起来看,信也是属于魂魄的一种,要护好它,不能让别人看到了。

等他出去了,我才拆开信封,一看,里面共有五封信,清一色用毛笔写的小楷,字体苍劲而不乏秀气,通篇都是在谈论文学、艺术和哲学问题,丝毫不提及他的寒假生活。在最后一封信的结尾处我看到这样一句话:崇高的经验提升了人类精神,使其变得高尚，也巩固了我们作为有道德的生物的尊严。

至于那瓶酒，我们迟迟没有商量好什么时候把它喝掉，主要是因为太珍贵了，实在不舍得轻易喝掉。他又怂恿我和他步行到杏花村去喝酒，说那里的酒多得可以泡进去洗澡，而且每一种酒都美得像诗。不仅有老白汾，还有玫瑰汾、白玉汾。玫瑰汾是把玫瑰花放在汾酒缸中浸泡数月而成，白玉汾则是在汾酒中加入龙眼和紫油桂。还有一种极赏心悦目的酒，叫竹叶青，色泽翠如碧玉，是在汾酒中添入了竹叶、紫檀、公丁香、陈皮、广木香，所谓"兰羞荐俎，竹酒澄芳"，说的就是竹叶青。那里方圆十里全是酒香，人们往往还没走到杏花村就醉倒在半路上了。说得我跃跃欲试，但杏花村属于汾阳，地处平原，我们背着凉水和石头饼，光出山就得出几天。

就在这个时候，学校里忽然又冒出一名诗人，叫桑小军，此人刚刚在某文学刊物上发表了几首诗歌,一时在校园里名声大噪。最可气的是,这人还是个理科生,分明是在欺负我们中文系没人。戴南行把那几首诗找来看了,又递给我看,他用一根细长的手指使劲敲着那本杂志,鄙夷地说,你看看这诗写得比我好吗?写诗就写诗,还一定要发表出来,如此张扬,我写那么多诗,你见我发表过一首吗?

我没吭声,因为我知道他偷偷给好几家文学刊物投过稿,只不过都是泥牛入海罢了。我后来想,戴南行一生磊落到了明月刀雪的地步,唯独投稿这件事是背着人做的,可见他对此事的在乎与恐惧。

然后他硬要拉着我一起上门叫阵,我推辞道,我笨口拙舌的,还是你去和他单挑吧。但他不由分说地把我从上铺拽下来,穿上西服,郑重其事地打了领带,又在身上背了个书包,把那本杂志塞了进去。我们俩便来到数学系的宿舍楼下叫阵,因为无从知道桑小军到底住哪个宿舍,戴南行便在楼下用八字步站定，两手做成喇叭状，扯着嗓子往上喊，桑小军，那个叫桑小军的，你给我出来。

正是中午时分，学生大部分都在宿舍里，戴南行叫阵之后，窗户里哗地探出了一大片脑袋，夹杂在挂在窗外的内衣袜子里，纷纷朝着我们张望，我们不但不觉得丢人，反而觉得很荣耀。因为那种弥漫在校园里的酒神精神，我们这些言必谈诗歌和文学的学生倒像是奥林匹斯山上的众神。我们正仰着脑袋往上瞅，楼门的阴影里忽然走出一个男生来，晃着膀子走到我们面前。只见此人个头不高，但体格敦实，上身穿一件洗得发白的中山装，下面是肥大的绿军裤，两只宽肩膀上扛着一颗方形脑袋，面孔黢黑，短发根根竖起，一脸悍气，怎么看都不像个诗人。此人嘴角斜叼着一根纸烟，歪着脑袋打量了一番戴南行身上的西服，劈面问了一句，你他妈谁啊？

戴南行十分气愤，像他这等风流人物，校园里居然有人不认识他？他把那本杂志从书包里抽出来，在桑小军面前晃了晃，倨傲地说，足下的诗我已经拜读了，并不十分欣赏，值得商榷，对诗歌我正好也有点陋见，所以想找足下辩论一番。这时候我们周围已经围了一圈学生，有的拿着空饭盒，有的一边围观我们一边站着吃刚从食堂打来的饭，刚来的不知是怎么回事，探进脑袋来询问可是有人在打架，挤不进来的就在外围拼命踮起脚尖往里瞅，还有的人跳起来往里看。一时人山人海好不热闹。桑小军两口把半根烟抽完，又把烟头踩灭，至此都不曾正眼看过我们，他把两只粗壮的胳膊抱在胸前，环视周围一番，冷冷地说，这里人多，不方便说话，找个安静的地方去。戴南行把长发往后一甩，忽然露出了很天真的笑容，他对桑小军说，我想到一个极好的去处，后山上的一棵桃树开花了，我前两天刚去赏过花，世上还有什么事情是比桃花盛开更美好的？在桃花下谈诗岂不是人生一大快事？

　　桑小军斜眼看着他说，你是吃什么长大的，这么阴阳怪气的？戴南行笑道，我们要谈的是诗歌，和吃联系到一起可就俗了。于是我们三人冲出重围，从学校后门出去，上了后山，爬了一段山路，走着走着，光秃秃的山路上忽然杀出了一树桃花，像一大团粉红色的火焰，燃烧得温柔热烈，树下已铺了一层厚厚的落花，深山空谷，花香侵人。桑小军站定，大喝一声，果然是好地方。戴南行得意地做了个邀请的姿势，似乎是到他家门口了，我们三人便盘腿坐在了桃树下。正好一阵山风经过，花瓣像雪一样纷纷扬扬落下来，几乎要把我们埋葬在这里。戴南行先发制人，开口便道，《文心雕龙》里有这样一段话：是以执术驭篇，似善弈之穷数；弃术任心，如博塞之邀遇。故博塞之文，借巧傥来，虽前驱有功，而后援难继。少既无以相接，多亦不知所删，乃多少之并惑,何妍蚩之能制乎! 若夫善弈之文,则术有恒数,按部整伍,以待情会,因时顺机,动不失正。

桑小军抽着烟,简短地插了一句,你他妈能不能讲点人话! 戴南行不为所动,继续往下说,古人论述文学时讲的道是天地之道,诗更接近于道。桑小军喷了串烟圈,一边欣赏着烟圈套着烟圈一边说,不管是天道人道,好的诗歌都应该是恢复人的尊严,如果连点尊严都没有,还写什么诗。

戴南行立刻打断了他,便滔滔不绝地说,想从人境里找尊严怕是难之又难,依我看,真正的道还是在天地之间,在破庙里,在月光下,在这棵桃树下。别看你今天发表了几首诗,就觉得自己是诗人了,真正的诗人可不是这样的,真正的诗人应该用一生去等待,去采集有光芒的诗句,也许最后能写出十行好诗,也许一辈子连十行都写不出来……

午后的阳光十分煦暖,发酵过的花香产生了一种类似于酒的效果，人闻多了便有了微醺的感觉。我不知不觉躺在桃树下睡着了，等一觉醒来，那两个人还像两个入定老僧在对弈，话题已经从诗歌说到小说了，他们正在讨论阿城的《棋王》、张承志的《北方的河》。显然戴南行是主讲，正说得唾沫飞溅，嘴角还挂着白色的唾沫星子，也顾不得擦，估计已经喷了桑小军一脸了，但桑小军显然并不介意，方形的脑袋微微前倾，貌似正听得津津有味。我便枕着胳膊又睡了过去，再醒来一看，那两个人的姿势动都没有动一下，已经从小说跳到美术了，他们正在说星星美展、罗中立的《父亲》、陈丹青的《西藏组画》，甚至还说到了超现实主义。我听了片刻，再次昏睡过去。

等到再次醒来的时候，是被戴南行叫醒的，他在我耳边大声吆喝着，老赵，快起来喝汾酒。听到"汾酒"二字，我猛地从地上跳起来，一看，可不，那俩人还是相对而坐,只是中间多了一瓶酒,正是那瓶珍贵的瓷瓶老白汾。我惊呼道,老戴,你怎么舍得把这瓶酒拿出来了！戴南行盘腿而坐,长发上落着一片花瓣,目光似古井,很深很静,他说,我早算好的,今天就是喝掉这瓶酒的好日子,没有下酒的,我们就用这桃花下酒吧,也体验一下《楚辞》中夕餐秋菊的洁净。我真是喜欢这棵桃树,看到桃花落下的时候,我能感觉到,这是植物对大地的一种祭礼,多么隆重优雅的仪式啊,我们有幸参与这样的仪式,应该先向桃树敬杯酒。

把珍贵的酒在桃树下洒了一点,然后我们开始喝酒。没有酒杯,于是我们三人在落花中相对而坐,轮流把一瓶酒传来传去,轮到谁了,便就着瓶口闷一口,用来下酒的,也只能是那些桃花了。直喝到月上中天,山谷积满清晖,遍地桃花似雪,我们三人才相互搀扶着,摇摇晃晃地下了山。

三

　　没想到的是,桑小军不光会写诗,还会打架。我们在桃树下喝完酒才没几天,桑小军就动手打人了。缘由是戴南行又在校园里与人辩论文学,越来越激烈,直至变成争吵,引来不少围观者。戴南行自己倒是拂袖而去了,反正他成天与人辩论,已经是一种享受,辩赢辩输他也不以为意,但桑小军不干了。他在宿舍楼下黑沉沉地蹲了几个钟头,抽了半包烟,等那个和戴南行争吵的学生终于露了头,他一声不吭地跳起来,把对方打了一顿。我们这才知道,桑小军在考上师专之前,在山阴一带的牧场上放了好几年的牛。那里已是亚高山草甸,属于苦寒之地,广袤荒凉,几个月都见不到一个人影。他与牛相依为命,经常骑在牛背上看书写诗,有的牛老了就被卖掉了,牛被人牵走的时候,他步行十几里,一路跟在后面为牛送行,手里握着一把匕首,如果看到买牛的人在路上打牛,他手持匕首就冲过去护牛。我这才有些明白,他身上的悍气是从哪儿来的。但他的神奇之处在于,他身上的凶悍之气越重,你便越容易触摸到他裹在里面的那颗心脏,纯净、透明,有点像小孩的心脏。

又过了些时日,戴南行决定带头罢食堂,他认为食堂做的饭是用来喂猪的,简直就是把学生们当猪养。主意一定,他便扛着一条舌头开始四处游说,在校园里拉个人就不放过,直说得唾沫飞溅,鼓动学生们都不要去食堂打饭,饿上两顿又饿不死,况且饿死事小,失节事大,我们要的是食堂对学生的尊重,我们是大学生,又不是猪。在整个罢食堂的过程中,桑小军虽然一言不发,状如黑塔,却起了很关键的作用。每天中午放学的时候,桑小军早早就守在那条去食堂的必经之路上，他阴沉地横在路中间，嘴里叼着烟，一只手上戴着一只破旧的拳击手套，不知是从哪儿弄来的。学生们走到这里便不敢再往前走了，纷纷掉头而去，有不信邪地坚持要往前走，桑小军吐掉烟头，一拳就挥了过去。坚持了几日，罢食堂小有成果，伙食多少改善了一点。此后，戴南行和桑小军便越走越近，有一段时间二人简直能同穿一条裤子，成了校园里一道新晋的风景，前面走着长发飘飘高谈阔论的戴南行，后面跟着打手保镖一般沉默的桑小军。

周末的时候，我们三人就一起去黄土高原的褶皱里游荡，从一座塬走到另一座塬，从一道梁翻到另一道梁，或者，一直走到黄河边去看黄河。我们还商量着做一条小船，然后随着黄河顺流而下，过临汾、运城、三门峡、洛阳、开封、泰安、济南，最后从东营入海，我们就最终到达大海了。不过我们更好奇的是黄河的上游,仿佛上游才有黄河真正的身世之谜,那些雄壮神秘的雪山、峡谷、沙漠、草原都聚集在黄河的上游,又纷纷把影子投射在黄河当中,让黄河把它们带入大海。所以当我们在下游看到黄河的时候,不仅看到它变得衰老平静,还能从河水中看到它昔日的容颜,看到那些雪山、峡谷、沙漠、草原依稀模糊的影子。

在干旱荒凉的黄土高原上,黄河是唯一经过的大河,只有在河流经过的地方才可能孕育出村庄和城邦,所以黄土高原上的人们,无法不崇拜这条大河。有一次我们正坐在黄河边看着河水流过,戴南行忽然说,如果有一只大雕能把我带到半空中,我敢保证,我一定会看到一幅奇景,因为黄河上布满了各种神奇美丽的旋涡和花纹。你们看这河面,它其实并不是静止的,到处是涡流、回旋、鼓水、旋涡,那种大的旋涡像个黑洞,能把一切吸进去,这要从空中俯视，是何等壮观啊。怪不得那些出土的新石器时代的彩陶上画的都是旋转纹和旋涡纹，我们的祖先多聪明，他们其实是把黄河画到陶器上了，所以盯着那些彩陶上的花纹看久了，就会被吸进去，一直吸到远古时代去。

黄土高原上很少能看到高大的树，却能在沟壑的缝隙间看到一些零散的窑洞，有崖窑，有箍窑，在光滑的黄土峭壁上，会看到窑洞一层摞着一层，像九层宝塔一般。有时候在一块平整的塬上正走着，前面忽然就有一个大土坑从天而降，坑里竟有几孔窑，那是土坑窑。还时常会看到路边有一些很小的窑，那一般是羊窑和柴草窑。戴南行说，窑洞在《诗经》里有一个很优雅的名字，叫陶穴。确实，窑洞在气质上更接近于古典的陶穴，而不是房子，这让黄土高原有一种独立于时光之外的沧桑与神秘。

在行走中，满目都是无边无际的黄土，在吸饱阳光的时候会变成一种纯度极高的金色，近于炫目。我尤其喜欢日落时分，那个时候爬到最高的梁上一眼望去，广袤的黄土高原有一种宫殿式的恢宏壮丽。

我也喜欢文学，也写过不少诗，但性格温和软弱，随遇而安，并无太多野心，平素虽然常和他们俩一起玩，但自觉更像他们的陪衬。他们二人，一个浪漫，一个沉默，却都是自恃能在时代中有一番作为的人。他们二人的性情虽然迥异，却如榫卯结构，居然也能奇异地咬合在一处，而我和他们在一起的时候，觉得自己就像被塞进了两个大柜子里，经常处于隐身的状态，但我喜欢这种隐匿感，可以在幽僻处静静俯视着人间。

转眼就毕业了，我们三人都留了校，我留在中文系代课，他们两人则都被分配做了行政工作。戴南行的痛苦就是从那时候开始的。他很厌恶那些琐碎无聊的行政工作,他说他无法从中找到美感和愉悦。所以偶尔让他去讲一节课的时候,他总是分外珍惜,早早就候在教室里,讲课的时候从头到尾连口水都不喝,抓住每一分每一秒,直讲得口干舌燥唾沫四溅,下面哪怕只坐着一个学生,他也像正站在座无虚席的大剧场里,面对观众激情四射滔滔不绝。多年以后,我每次回想起他当时上课的样子,总觉得他并不是在讲课,包括他极喜欢和人辩论也是如此,他其实是在布道。他是一个有天生的使命感的人,接近于神父,急切地要把他发现的关于这个世界的秘密告诉别人,一来可能是因为孤独,二来则是因为他身上那种与生俱来的宗教气质,他迷恋一切形而上的、精神性的事物。这也是他后来沉迷于《易经》的原因,当他发现与人的对话终究无法解决孤独的问题,便转而开始与天地对话。

　　下了课他还要给学生布置作业,让学生们写

诗,交上来之后他一首一首仔细批改,还把他认为写得好的几个学生叫出来,请他们在校门口的小饭店里吃饭,我们当年把这种奢侈的行为叫"下馆子"。他那点工资不是请学生吃饭就是买酒叫我们一起喝,几乎每个月都是分文不剩。喝酒的时候就在他的单身宿舍里,一张单人床、一张桌子,像个蜗牛壳,我们在蜗牛壳里或坐或卧或光着膀子,自在得很。戴南行极喜欢喝酒,而且几乎不需要下酒菜,可以干喝。事实上,他对吃的兴趣始终是淡漠的,即使是在那个食物并不丰盛的年代里,他对吃也保持着一种奇异的淡漠。我后来想,他之所以喜欢酒,是因为,酒是由粮食的精魂所化,虽貌似液体,但在本质上还是精神性的,也就是说,他喝的其实并不是酒,而是精神。不唯如此,酒精还能帮助唤醒潜藏在他身体里的更多冥想,他曾对我说过一句话:冥想就是对更高级食物的直接摄取。

确实,喝多酒的戴南行会呈现出一种轻盈的悬浮感,暂时离开了大地。他会在月光下给我们跳舞,光着脚,没有音乐,没有节拍,只是踩着月光很随性地跳,有时候会跳整整一个晚上,想怎么跳就怎么跳,就像一个古老的巫师。可能因为月光的磁场与酒精属于同一物种,都具有招魂的功能,都能唤醒住在人身体里的魂魄,而他比常人更容易被唤醒。再或者,喝多之后他就去漫游。

　　事实上,在后来,我认为他是可以被称为漫游家的。在这世界的角落里散布着一些独特而纯粹的族群,即使在无人的角落里,他们也会散发出灿烂而幽寂的光芒,比如孤独家、梦想家、炼字家、爱情家,还有像他这样的漫游家。他的漫游分两种,一种是纯精神性的漫游,在他的蜗牛壳里也可以神游八方,他会滔滔不绝地谈论文学和哲学,从柏拉图到贺拉斯到海德格尔到聂鲁达到尼采到黑格尔,他坐着谈,站着谈,躺在地上谈,不时往后甩着长发,两只手使劲比画着,唾沫四溅,可以不眠不休地谈论整整一宿。而我和桑小军睡了醒、醒了睡、睡了又醒,有时候轮流和他辩论,有时候两个人不小心都睡过去了,又被他叫醒,反反复复直至天亮。另一种漫游是大地式的漫游,他用他强大的精神携带着肉身,就像在身上绑了两只巨大的翅膀,又像坐在一只独木小舟里,可以在深夜里身轻如燕地游过山河。他喝多了会去往任何一个可能的地方漫游,校园的各个角落里,后山上的破庙里,坟地里,黄河边,或干脆跑到黄土高原的任意一道沟壑里,跑到荒原上灯光到达不了的地方。他说那种地方的月光最为盛大,不像人间,更像神的宴会。

因为夜晚耽溺于漫游和冥想,所以只能白天睡觉。上学的时候,人家去上课了,他一个人回宿舍去睡觉;工作以后,没那么自由了,再加上对琐碎行政工作的厌恶和对抗,他便抓住一切能睡觉的机会来睡觉。在办公室的椅子上睡,在开会的时候睡,在领导讲话的时候睡,只有这样,晚上他才能复活过来。我经常在学校的会议上看到他正以各种姿势在睡觉,趴着睡,歪着睡,仰着头睡,或者背挺得直直的,眼睛却闭着。最神奇的是,每次他被校长从睡梦中叫醒发言的时候,他居然还是能口若悬河滔滔不绝,若没有人打断他,他就能一直演讲下去,他一边演讲一边鄙夷地扫视着周围,好像他在睡梦中也能轻而易举地知道他们刚才都说了些什么。

在一起喝酒的时候,他不止一次对我说过同样的话,老赵,我想把这工作辞了,我真的不想干了,你说辞掉工作行不行?我慌忙阻止他,语重心长地说,你可千万别,你说你辞了工作还能干什么?吃什么喝什么?你爹妈都老了,都要靠你养,再说了,你若连个正经工作都没有了,和社会上的盲流有什么区别？

他不吭声了，继续喝酒，几杯酒下去便像换了个人，又开始眉飞色舞地谈论文学和哲学问题。

实在心情不好的时候，他会使用一种很奇特的办法来排解，他把自己反锁在办公室里，任是谁来敲门都不开，就是校长在他门口敲上两个小时的门，他都在里面一声不吭，也不开门。他的最高纪录是把自己关在办公室里三天三夜，那三天三夜里谁都找不到他，包括我和桑小军。我白天晚上地去敲他办公室的门，没人开门，甚至里面连一点动静都没有，后来我怀疑他其实根本不在办公室里，他白天晚上躲在办公室里，吃什么喝什么？但桑小军坚持认为他一定在办公室里，而且说得很笃定。其他老师也都找不到他，后来大家都有些慌了，觉得他是失踪了，商量着要不把门撬开，桑小军挡在门口，坚决不同意，他厉声说，你们是强盗吗？不是强盗凭什么撬人家的门？门都随便被撬，人还有什么尊严可言？其他人只好作罢，还有人去派出所报了案。

三天三夜之后，他办公室的门忽然从里面打开了，戴南行蓬头垢面地走了出来，昂首挺胸地从人们面前走了过去，连个招呼都懒得打。也不知道那三天三夜里他是靠吃什么活下来的，或是根本什么都没吃。我觉得他的真正神奇之处在于，他是确实可以脱离物质，而只靠着啃噬精神存活一段时间的。也是在这个事情之后，我开始意识到，桑小军对他的了解其实要比我更深，不仅是深，还到达了目光到达不了的某种幽微之处，这种幽微之处与月光的场域相似，只供魂魄和精神往返其中。

到了二十世纪九十年代初，我们仨先后都结婚了，但戴南行的婚姻只维系了两年就离婚了。他对于为什么离婚绝口不提，一时之间，众人纷纷揣测，有的说是因为两人性格合不来，有的说是因为戴南行不想要小孩。我们也不问,但我猜测,像戴南行这种依附于精神而存在的人,很容易被婚姻中的庸常琐碎伤害到,不得不早早退出来。与此同时,我们都感觉到了,时代变了,忽然变得和二十世纪八十年代不一样了。二十世纪八十年代那种逢人谈论诗歌和文学的酒神精神正从山城上空悄然消退,所有人忽然集体转向,抛弃了不久前的价值观,转向了一种新的价值观,这个过程发生得如此之快之迅速,简直让人措手不及。人们在一起谈论最多的话题是怎么当官和挣钱、怎么炒股和下海。连我们中文系当初留校的一撮老师也耻于再谈论文学,谈得最多的话题是工资太低了、物价又上涨了。一个说,一个大学老师一个月一百多块钱,还不如街上摆摊卖衣服的小贩。一个说,马上又要涨价了,你赶紧多囤点东西啊,可以半年不用进商店。另一个说,几年前我家光小米就囤了十口袋,现在小米都长虫了,爬得满屋子都是，过几天虫子都长出翅膀来到处飞，那就更好看了。明明是同一群人，却忽然之间就面目全非起来，一时竟难以辨认谁是谁了。

多年以后，我回首往事，想起我们在二十世纪八十年代对文学的热情与真诚才发现，其实那种热情误导了我们，让我们以为会写诗的自己很有用，甚至可以引领一个时代，到了二十世纪九十年代发现并不是那么回事的时候，又心生恐慌，唯恐跟不上时代，唯恐被时代抛弃。在这个过程中，我可以想象，戴南行和桑小军的痛苦要比我更甚，因为，他们比我自视更高，比我更有抱负，对诗人的荣誉更为看重。从某种程度上讲，我的平庸与随波逐流缓解了我的痛苦，其实也是一种自我保护。

为了反抗和自卫，桑小军不再写诗，也不愿再与任何人谈论诗歌。我想，还有一个原因，他是学数学的，这种并不浪漫的科学在师专时代就教给他一个道理,数学与人们的欲望、志向、痛苦,与人们是否善良是否高尚没有任何一点关系,它告诉人们的只是那些永恒的必然性,这些必然性与时代也没有任何关系,比如日出日落,比如生老病死,再比如,万物都要顺应必然,顺应时间。而诗歌却远没有这样的理性,所以当它无法给人慰藉的时候,就会给人带来痛苦。

戴南行也感觉到了时代之变,也开始自卫。他的方式是,坚决不和任何人谈钱,谁要是敢和他谈钱,他一定会指着对方的鼻子,唾沫四溅地迸出两个字——庸俗。如果对方还要不识趣地继续说下去,他一定会跳起来再补充一个字——滚。所以愿意和他一起吃饭一起聊天的人越来越少,他越来越孤独,有时候他买好酒叫几个朋友过来一起喝,最后来的只有我和桑小军。甚至有时连我和桑小军都来不了,因为我和桑小军先后有了小孩,每天忙上班忙家庭,可以自由支配的时间越来越少,有时候真是分身乏术。

随着与朋友的聚会越来越少,戴南行对说话的渴望也越来越强烈,只要逮到说话的机会就不肯放过。我们偶尔聚一次,他一定是从头说到尾,一分一秒都不肯浪费,说到激动处会站起来,一边来回踱步一边手舞足蹈地说话,根本不给我和桑小军任何插嘴的机会;也基本不吃东西,只是不停喝酒不停说话,话就是他下酒的东西。我和桑小军自知根本插不上话,也就默默放弃了,于是,从前的辩论彻底变成了他一个人的演讲。当一场演讲终于落幕的时候,我赶紧找个缝隙插进去一句,老戴,你还是少喝点酒吧。他把眼睛一瞪,对我说,你凭什么管我? 刚才说到哪儿了? 然后用手帕擦擦嘴角的唾沫,又开始下一场演讲。

半夜,等到我们再次提出该散场的时候,他的演讲终于缓缓刹住，眼神落寞，一只手捧着剩下一点酒的瓶子，另一只手对我们挥了挥，表示要赶我们走。我们走后，他把剩下的酒喝完，然后便在校园里四处漫游，有时候还会漫游到后山上，在坟地边的破庙里躺半宿，数数星星，有时候还会写首诗出来。等天亮了，别人都开始上班了，他晃回宿舍睡觉去了。

当我后来回首往事的时候，我觉得，戴南行早期的那些漫游其实多少还是带一点表演性质的，一来是自视甚高，不屑向凡俗妥协，二来可能是出于对魏晋士族名士气的仰慕和效仿。但到了二十世纪九十年代，出于酒神精神的消亡，也出于孤独，于是他又独自向着真正的漫游靠近了一步，而他所有的诗歌皆来自漫游，漫游成为他诗歌的成长与栖息之地。我想，这与莱昂纳德·科恩把诗歌比作灰烬有异曲同工之处，漫游代表着精神的飘逸，代表着由精神反射成的诗歌最终会像灰烬或雪花一样消散。

　　大约是为了缓解孤独,但我认为更多的是为了抵抗孤独,戴南行开始研究象棋,并以棋士自居。他说,以棋师自居不敢当,若称棋人对自己也是一种辱没,下棋本是雅事,何需摆出一副卑微的姿态。他在象棋界以白丁出身,但对博取功名并无兴趣。开始的时候他只是热衷于观棋,为了多观棋路,他经常在上班时间大摇大摆地晃出校园,出没在山城的各种犄角旮旯里,只要看见有扎堆的人,他就往里凑,里三层外三层的人夯成人肉墙,墙里包着的,百分之九十是两个正在下棋的干瘪老头儿。他像蜜蜂采蜜一样,一个人堆一个人堆地凑进去,一局一局地观摩,吸收着数,有时候一天能把大半个山城踏遍。

　　晚上在宿舍摆开棋谱,在自己对面摆个啤酒瓶子,自己走一步,替啤酒瓶子走一步。好不容易躺在床上了,忽然发现天花板也变成了棋谱,于是躺在床上接着下棋,好不过瘾。如此一段时日后,自觉棋艺大长,便开始挑衅学校里几个善弈的老师。他经常打上门去,不管三七二十一,霸住人家的桌子,昏天黑地地厮杀几盘,最后被人家老婆轰了出去,两个人只好携带残局落荒而逃,复又在校园里的大柳树下厮杀起来。路过的老师学生纷纷驻足观望,一时里三层外三层,摇旗呐喊,地动山摇,好不壮观。我猜测,一定是孤独许久的戴南行忽然在棋局中又找到了当年做风流人物的感觉,又有了站在剧场中央为众人做演讲的尊严感。所以戴南行此后每日就在大柳树下摆擂台,称只与贤人雅士下棋,人品不入流者概不奉陪。

一日,学校里一名姓石的老教师上前叫阵。石老师下棋三十余载,棋风缜密沉稳,极善长考,据说他一长考就是两三个钟头,一个钟头更是家常便饭。开始的时候,石老师气势夺人,棋子拍得啪啪作响,戴南行身轻如燕,棋风细腻。半局之后石老师开始频做长考,果然一个长考就是一两个钟头。两人从上午开始,一直下到太阳落山,都是滴水未进,观众换了一拨又一拨,源源不绝。天黑下来之后,有好事者还在旁边为战事打起了手电筒。下班之后,我也跑过来观战,只见老石已汗流浃背气息奄奄,戴南行则悠然叼着一根烟,跷着二郎腿,一副行到水穷处、坐看云起时的自在。我心想,敢和老戴比不吃饭,真正是不想活了,他是能三天三夜不吃一粒米的人,谁能和他比?我观战半日,看出些门道,又希望他们早些结束战事,便在戴南行耳边悄悄说,所谓长考其实就是磨时间,只要他不落子,从今晚磨到明早,你也赢不了!何必呢,快快结束了吃饭去吧。戴南行吐了个烟圈,笑眯眯地说,如果今天输给这等无赖棋术,那我戴某人还活着干什么?不如买块豆腐撞死算了。

一直下到后半夜,只有零星几个观众还在挑灯观战,其他人都回去睡觉了,我在旁边为他们擎着手电筒,几欲站着睡着。正在昏睡之际,忽听啪的一声,老石终于被自己三个小时的长考耗尽,甘愿败下阵来。戴南行跷着二郎腿,仍然笑眯眯地说,急什么,日本最长长考记录是十六个小时,你这才几个小时。老石跌跌撞撞地扶墙遁走。回宿舍的路上我埋怨道,下个棋而已,就是个娱乐,你何必这么较真呢?

在黑暗中我也能感觉到他正瞪着我,果然,只听他愤怒地说,对弈是小事?这等风雅的事是小事?投机耍赖可是小事?还要不要一点节操了?这时正好走到了宿舍楼下,我哈欠连天地说,耗了一天神,你赶紧回去睡一觉吧,我也回去睡了。他一把拉住我,不让我走,只见他双眼发亮,两根手指夹着半根烟,神采飞扬地对我说,老赵,我和你说几句话,我现在是越发悟到天人合一之道了。无论是下棋还是写诗,都是要合乎天道才好,真正的棋士当弃术任心,术有恒数,心则可遨游八方;写诗也是如此,弃术任心,不要被那些所谓的技巧拖累,才可能有几句好诗不远千里过来找你。

我困得眼睛都睁不开了,只好说,老戴,我们明天再聊吧,我站着都要睡着了。但戴南行还是不肯放我走,他牢牢抓住我的一条胳膊,怕我跑了,一边喋喋不休地说,老赵啊,下棋其实是伪装起来的数学和哲学,就像大地上的建筑物一样,都是伪装起来的音乐。把数学和哲学叠加起来的游戏,不仅显得高贵,其中还沉淀着一种很深很深的宁静。

说到这里,他又使劲摇晃我的胳膊,让我抬头看满天的星斗,他说,你看那些星辰,在我们头顶组成了一幅地图,在这幅星河地图里,同样有山川河流,有草原荒漠,可能也有你我这样的人生活在其中,和我们头对着头,如果我们做了什么可笑的事,他们都看得到,还会笑话我们。有时候我会听到那些星星在和我说话,它们用的是它们星球上的语言,但我居然也能听明白它们的意思,可见,宇宙之内皆为邻居。

他有时候像个神秘的术士,可以把万事万物轻易唤醒,每条河流、每块石头、每片树林,到了他这里通通都长出了灵魂。

对下棋上瘾之后,他会在开会中间借口去上厕所,然后便跑到大柳树下摆擂台;有时候为了不让领导看到,他办公室的门紧紧关着,人家都以为他在里面办公,他却早已跳窗逃走(他的办公室在一楼),撒开两条长腿跑到大柳树下摆棋摊。每日定要厮杀几盘,加上他对精神性事物的迷恋,棋艺日益精进,一时大柳树下血雨腥风白骨累累,再无人敢上前应战。在这种情形下，戴南行成功招安了桑小军，桑小军调到了财务科，更是琐事缠身，但每天晚上一下班他就跑到戴南行的宿舍里，两人一边吞云吐雾，一边挑灯夜战，我每次进去了都找不到人影，只在大雾中听到有棋子敲落的声音，好半天才看清，烟雾里还浮动着两个鬼魂一样的人影。我又是咳嗽又是开窗户，两个"鬼"根本不为所动，继续猫腰苦思鏖战，我旁观一会儿觉得无趣，给他们打两份炒面做夜宵，便回家睡觉去了。

不料那两个"鬼"却一直厮杀到东方既白。一夜战事自然辛苦，戴南行拉上窗帘开始睡觉，桑小军却还要按点去上班。三番五次之后，桑小军的老婆半夜打上门来，冲过去把棋盘打翻，把棋子从窗户掷出，然后揪着桑小军的耳朵把他给揪回去了。但过不了几日，桑小军又在晚上偷偷跑出来，为了迷惑"敌人"，戴南行让自己的宿舍彻夜亮着灯，伪装成现场,然后两人悄悄转移了阵地,跑到大街上,找了盏路灯继续下棋。路灯悲悯地俯视着他们,一束昏黄的灯光里扣着一高一矮两个人影。

其实作为一个旁观者,我认为桑小军并不是真的迷恋上下棋了,他的理性不允许他轻易迷恋上任何事物,包括诗歌,因为对他来说,那意味着一种软弱。他和戴南行下棋只是为了能陪着他,不至于让他觉得太孤单太落寞。事实上,自从桑小军弃绝写诗之后,他对戴南行更是添了一层爱护,有时候近于宠溺。我想,其中的原因应该是,他抽身退出后,就把对诗歌的感情转移到了戴南行身上,他认为戴南行不只是为自己,也在为他桑小军写诗,戴南行一个人身上其实背负着两个诗人。只要戴南行还在写诗,他桑小军就也还在写诗。

为了能与天下高手下棋,戴南行开始向学校频繁请假,时不时外出下棋,他坐着绿皮火车,漫游到内蒙古、河北、山东,到处找寻棋友。在一个地方厮杀上几天几夜,不吃饭,不睡觉,然后不管输赢,换个地方再战。就这样一路漫游一路下棋,最长的一次居然出去了两个月才回到学校,浑身晒得漆黑如炭,愈加枯瘦,只有眼白和牙齿更白了,在阳光下咧开嘴大笑的时候,那牙齿更是白得惊心动魄,倒像亮出了一种武器。

好在学校的领导在过去多是我们的老师,如今的同事又多是昔日同窗留校的,大家都知道他行为疏狂、桀骜不驯,对他多有担待,所以他一年倒有半年在外下棋,别人也只是睁一只眼闭一只眼,由着他去,只是像提拔啊涨工资啊这类事情压根儿与他无缘。我估计他刚开始的时候也在乎过,尽管他嘴上总说不在乎,但到了后来,我觉得他是真的不在乎了,我能感觉到他离世俗的一切正越来越远。

四

　　就这么东游西逛地下了几年棋,转眼就到了二〇〇〇年。过了二〇〇〇年的新年,人们发现昨天的太阳又升起来了,傍晚又从西边坠下去了,与往昔并没有任何差别,于是关于世纪末的恐慌很快烟消云散,照样日复一日地活着。但不久之后人们又发现,二〇〇〇年以后和二十世纪九十年代终究还是不同了。二十世纪八十年代的热情和真诚像一个饥渴太久的人忽然找到了泉水,于是轰地一把大火把自己烧了,二十世纪九十年代的商业大派对又像一个穷疯了的人忽然捡到了一沓钱,于是又一把大火把自己烧了。到了二〇〇〇年,二十世纪八十年代的那把大火和二十世纪九十年代的那把大火已经先后熄灭下去了,灰烬似记忆中的大雪覆盖一

68

切，整个大地上忽然变得寂静而斑斓，虽然饭店和超市如雨后春笋般冒得遍地都是，整个社会却不再有二十世纪八十年代的庄严，甚至也没有二十世纪九十年代的欲望，诗歌凋零，诸神撤退，个体重归于尘埃。与此同时，新的物种开始侵袭人类，电脑和网络如外星人降落山城，人和人对弈渐少，人和电脑下棋开始风行一时。

戴南行不愿和电脑下棋，他说电脑冰凉冰凉的，没有棋味，下棋就要有闲敲棋子落灯花的恬淡温裕，再不然，就是老石那样的死乞白赖也是一种棋味，一个长考就是一夜，好歹也是有些趣味的。但和他下棋的人还是越来越少，棋人们都跟电脑下棋去了，后来他干脆在宿舍里摆起棋盘，自己和自己下棋，他时而坐在左边，时而又跑到右边，一晚上腾挪跌宕，把自己活活分裂成两个棋手，外加一群评头论足不时喝彩的观众。

这些年里，和戴南行一起留校的人都评了职称涨了工资，只有戴南行拒绝评职称，嫌这种烦琐之事浪费他的力气。没有职称，工资自然是最低的，他也无所谓。那种无所谓，刚开始的时候还有点遮遮掩掩，到了后来，却渐渐变成了他个人的独特标志，就像在身上佩戴了一枚亮闪闪的徽章。再到后来，不知是不是自己和自己下棋让他感觉到了某种精神分裂的恐惧，他对棋的痴迷渐渐收敛，转而开始迷恋《易经》了。

　　有一次，他把我拉到他宿舍里，神秘地给我看一本书，我一看，是《易经》，便说，你又转向了？他立刻正色道，你一定要看看，写得真是太好了。怎么说呢，这本书就像在写一种伟大的谜，天地间的谜，人世间所有的秘密都在其中了，读这本书的时候就好像真的触到了天地，你见过天地是什么样子的吗？老赵，读这本书的时候，我真是太快乐了，一半是拼命在破解谜的快乐,一半是无法破解的快乐,而且这种着迷,你知道吗,是最纯粹最典雅的那种着迷,和那些低级信仰不同,人活一世要是没有点真正的痴迷……

我抢着替他把话说完了,那还不如买块豆腐撞死算了。

此后他便日夜研究《易经》,不仅研究,还给自己算卦,连出门吃饭前都要先算一卦,据说他有一次骑着自行车出门,在路上给自己算了一卦,结果是此行不利,他便立刻掉头又回去了,不一会儿工夫,天色骤变,忽然下起了暴雨。他很得意地把这件事告诉了别人,这么一来二去他渐渐开始名声大噪,陆陆续续有人上门请他算卦,还有生意人愿付重金来请一卦。来人若是还有几分风度,不算俗气,他便不推辞,欣然为对方算一卦。但对那些掏钱来算卦的他一律轰走,他鄙夷地对我说,还真当我戴某人是个算卦的?居然还掏钱,笑话,简直是对我的侮辱。我开玩笑道,现在人家都在搞副业,你就那么一点死工资,快连活都活不了了,把算卦当个副业也不错嘛。他瞪起眼睛,愤怒地说,赵志平,我今天一定要和你绝交。

对他痴迷于《易经》,我倒不是很奇怪。只要细细一想就会发现,他早年在月光下星空下的漫游与他对诗歌的热爱,后来对下棋的着迷,再后来对《易经》的兴趣,其实都是一脉相承的,根本上是一回事,都是在试图追寻天人合一之道,只不过这种追寻越来越清晰罢了。当月光的磁场主宰人体的时候,其实是人类触摸宇宙的一种方式,而无论是写诗、对弈,还是研究《易经》,其实都是人类在窥视天地间的某种秘密,在汲取来自天地间的能量。在与天地交流的过程中,人难免会现出一些神性,这也是戴南行在某些瞬间里看上去不大像人类的原因。

因为没钱，他一年到头就那么几件衣服换来换去，领口磨得起了毛边儿。想起他当年穿破洞牛仔裤引领风尚，第一个在校园里穿西服打领带，忽然觉得恍如隔世，唏嘘不已。长发早已剪掉，一头短发因为洗得不及时，看上去总有些油腻。诗歌仍然在秘密地写，但写完只给我和桑小军看，并像个特务一样，嘱咐我们看完即焚。我明白他的意思，文字烧成骨灰，只留下一缕诗魂，才是真正的长存。

他彻夜研究《易经》、写诗、独自下棋，白天则在办公室里打瞌睡。学校的领导换了两茬，原来教过我们的老领导基本都退休了，新领导多是外来的，不了解也没心思多了解老师们的个性，见戴南行这般行为疏狂，便对他多有不满和排挤，于是他的岗位被调了又调，越来越边缘化，眼看就要被调进食堂做保管员了。我和桑小军劝他给领导送点东西，并打算去校长那里为他说情，结果被他指着鼻子痛骂了一番,我和桑小军只好作罢。

后来他真的被调到了食堂,但他看起来并不在乎,依然器宇轩昂地出入在校园里,开会的时候依然在领导眼皮子底下打瞌睡,叫他起来发言,发完言继续再睡。每个月的工资倒有一大半用于请朋友们喝酒,他点一桌菜,几乎一口不吃,别人吃菜他喝酒,一边喝酒一边唾沫飞溅地演讲。他无比珍惜这为数不多的演讲机会,别人知道他喜欢讲,便由着他唱独角戏。我坐在他旁边,一边吃菜一边镇定地掏出手帕擦脸上的唾沫星子。轮到我们叫他出来喝酒的时候,他总是以奇快的速度立马答应,连个考虑的缝隙都没有,好像生怕别人反悔了一样。挂了电话我一阵心酸,几乎落下泪来。

学校分了一次房,自然是没他的份儿,他不奇怪,别人也不奇怪,有他倒不正常了。过了几年又分了一次房,这次戴南行居然分到了顶层的一套小房子,六十多平方米,小虽小了点,但那毕竟是自己的房子。再和刚毕业的年轻教师们挤在单身宿舍里,多少都有点像远古文物了。

后来我才知道,戴南行这次之所以能分到房子,是因为桑小军揣着菜刀在校长办公室门口守了一天一夜。

这些年里桑小军再没写过一首诗,他说话倒还是那样,极尽节俭,能用一个字说完,就绝不用两个字。和戴南行在一起的时候,经常是戴南行唾沫飞溅地说九十九句,他简短地补充一句,好像就为了凑个整数。他被提拔之后工作越发忙碌,但有时候还是三更半夜地跑到戴南行的宿舍里下棋,两个人挑灯夜战直至天亮。戴南行开始研究《易经》之后,他便时不时找戴南行给他算一卦,至于他到底信不信,那就只有他自己知道了。除此之外,平时他基本都是隐身的,呈一种藏匿的状态,像条巨鲸一样静静地蛰伏在戴南行身边的水域里。但一旦嗅到危险,他会忽然跃出水面,手持利刃,像侠客一般,吐出封存在他身体里的戾气。

我不知道戴南行是否知道分房的真相,我假装什么都不知道,桑小军则再次沉潜下去,又恢复到木讷寡言的常态。他搬家那天,我和桑小军过去帮忙,发现他的东西少得可怜,除了被褥和几件衣服之外就是书,堆得像小山一样的书。书背在身上很沉很硬,有一种背着骨骼的感觉。他所有的用品都追随着他的性情,肉身陨落,精神畸形庞大,神秘地参与着天、地、人之间的能量转换。

搬完家的那天晚上,我们仨在他新家里喝酒一直喝到半夜。都喝得有些醉了,我们便下了楼,踏着月光,脚步踉跄地在校园里漫游,戴南行在月光下作诗一首,并为我们大声吟诵:

天之不公，兄弟你何以理解？

箫声咽咽。一列火车呼啸着穿过村庄。

凡你我生命中最尊敬的人，比如你我的父亲

都在这人间遭遇了苦难。

兄弟啊，你们还年轻，我们老了，无所谓了。

伞下的老人悲伤而平静，目光炯炯

雨水打在他身边无数青年的脸上。

遥远的地方另一个老人执笔成诗

一滴热泪无声落入一杯凉茶。

不觉间大半年过去了。这天黄昏，我正在阳台上看书（好不容易有了个阳台，恨不得吃饭睡觉全在这里），忽听有人敲门，开门一看，是桑小军。只见他脸色异样,进了门连拖鞋都不换就一屁股坐在了沙发上。他就那么呆呆地在沙发里足足陷了有五分钟,目光呆滞地盯着茶几上的一个杯子,但显然他根本就没看到这个杯子,因为他的目光是空的。我连忙给他泡茶,小心翼翼地把茶杯摆在他面前,他好像忽然被惊醒了,猛地抬起眼睛看着我,目光似刀,锋利异常,吓得我倒退了两步。他舔了舔嘴唇,忽然开口说话了,声音里有一种奇异的沙哑,好像很久很久没喝过水了。他说,老赵,我来问你借点钱,顺便和你道个别。我大惊,问,你要去哪里?他这才把原委粗略地讲了一下,原来他所在的财务科最近在一笔账上出了问题,学校认为是他的问题,怀疑他私下里动了那笔钱。

他又舔了舔并不干枯的嘴唇,阴沉沉地盯着茶杯说,我是有口难辩,这种钱上的事情,怕是跳进黄河也洗不清,我的嫌疑怕是摆脱不了了,所以我准备逃走,去天涯海角躲起来,让他们都找不到我。这下连工作都没了,前路未卜,所以走之前得问你和老戴借点钱,不过我有言在先,如果我日后还能混出个样子来,就把钱还你,如果后半生落魄潦倒了,这借的钱我就不还了。

一听这话,我连忙把家里仅有的一张存折翻出来,只觉得脑子里乱糟糟的,便在屋里来回踱了几圈,方对他说,走,找老戴去。我们二人又去敲老戴的门,老戴正好也在家,憋了满屋子的烟,桌子上摆着棋盘,他在对面摆了个酒瓶,正吞云吐雾地和酒瓶下棋呢。桑小军塌陷在简陋的沙发里,把刚才对我说过的话又对戴南行说了一遍。戴南行听罢,点了一根烟,并给我和桑小军各递了一根,我们三人相对无言,像三根烟囱一样,默默地抽了会儿烟。半晌,戴南行终于问了一句,小军,你给我说实话,你到底动过这钱没有?桑小军冷着脸答了一句,不是人的才动过这钱。戴南行一拍桌子,大声说,好,我信。桑小军深吸一口烟,用烟圈裹着头脸,冷笑着说,你信管屁用,我现在就算浑身是嘴都说不清了,我还是赶紧找个地方躲起来吧。不行的话,我今晚就走,你借我的钱我日后要是能还,一定会还,万一要是落魄了,你也不要怪我。

戴南行摁灭烟头,伸手就去拉桑小军,桑小军慌忙往后躲。戴南行使劲把他拽起来,说,就这屋里的东西,你想拿什么拿什么,包括这房子,随便拿,不过你得先和我去公安局自首去。桑小军使劲挣脱出胳膊,冲戴南行喊道,我又没做犯法的事,凭什么要去自首?戴南行又一把抓住他的胳膊,唾沫飞溅地说,就因为你没犯法才要去自首,我陪你去,清者自清浊者自浊,还自己一个清白日后才能正大光明地做人。你要是找个地方躲起来,一来坐实了你做过不光明的事,二来一辈子躲在暗处和鼠类有什么区别？你觉得这种痛苦就比坐牢好？

经过戴南行一番劝说，最后桑小军同意去公安局自首，我和戴南行一起把他送到了公安局。没想到的是，桑小军居然被判了两年半有期徒刑，并被开除了公职，就在山城边上的第二监狱里服刑。

桑小军进去大概三个月的时候，戴南行去家里找我了，当时我正在备课。这三个月里我俩谁都没有提过桑小军一个字，每次快碰到"桑小军"三个字的时候，我们就赶紧小心翼翼地绕开。没想到，戴南行开门见山地对我说，老赵，咱们俩去监狱里看看小军吧。我想到当初正是我俩把桑小军送到公安局自首的，情何以堪，便摇了摇头，说，我不去。戴南行听罢，把手里的半根烟一甩，疾步走到窗前，用力把窗户打开，然后指着窗户外面，高声对我说，你快从这里跳下去吧，快跳啊。我哭丧着脸说，别人得意的时候我不想凑过去巴结，别人落难的时候我也不想凑过去，免得让人觉得我是在怜悯他，伤人的自尊。戴南行厉声打断我，放屁，无情无义，你就是在给自己找借口。

最终，我和戴南行一起去监狱探视了桑小军。一见桑小军，我吓一跳，他瘦了一圈不说，脸上左一道右一道的伤口，胳膊上还有个很深的牙印，已经发炎了。原来桑小军一进去就受到了里面几个老犯人的欺负，以桑小军的性格哪受得了这个，于是他三番五次和那些老犯人厮打起来。更没想到的是，桑小军见了戴南行，第一句话就是，等我出去了，第一件事就是先杀了你。

我也是后来等桑小军出来才知道的，他进去以后因为不甘被欺侮，几次和一个老犯人打架，把对方打得还不轻，因此受到了惩罚，至于到底是怎么被惩罚的，他只字不提，我当然也不敢多问。

那次我和戴南行回去之后，又是几个月都不敢提桑小军一个字，"桑小军"三个字成了横亘在我俩中间的一口深井。事实上，那几个月的时间里，我俩连见面都很少了，因为熟知戴南行的作息时间，我便有意把时间错开，就是为了能躲着他。从桑小军进去的那天起，我们这个三人团体便残废了。我很久不写诗，也不愿读诗，只日复一日地把自己埋在论文里、琐事里，偶尔拉开存放诗稿的那只抽屉，也只是看一眼就赶紧关上了，心里疼得慌，后来我干脆给这只抽屉上了把锁，因为觉得这抽屉就像一座收留我们三个人的坟墓。在一个空间里，起初只关着物体，慢慢地，物体变成了凝固的时间；再慢慢地，那些凝固的时间会完成向幽灵的转化。也许我哪天再拉开这抽屉的时候，发现里面竟然已经空了。我、戴南行还有桑小军早已遁形而去。

　　这天晚上，戴南行忽然给我打来电话，叫我去他家里喝酒，说还准备了下酒菜。我犹豫了片刻，还是答应了。然后我起身到校门口的卤肉店里切了两只猪耳朵，又买了一包五香花生米，我对他说的下酒菜不敢轻信，因为他所谓的下酒菜不是两首诗就是一番清谈，最多加一盒香烟，都是形而上的。就着诗歌喝酒，迟早要胃穿孔的。没想到，他居然真的准备了具备肉身的下酒菜，一碟卤牛肉，一碟拍黄瓜，旁边是一瓶三十年的青花瓷。见他如此大宴宾客，我心里暗叫一声不好，估计他这是又要出什么大招了。

果然，两杯酒下去之后，他一边抽烟一边笑眯眯地对我说，老赵啊，今天我也和你道个别，我打算进去陪小军去，免得他在里面太孤独，毕竟是个诗人，只怕在里面连个说话谈诗的人都找不到。我大惊，手里的酒杯差点摔到地上，我连忙说，老戴你，你要干什么？戴南行用两根细长的手指夹着香烟，高高端在嘴边，继续笑眯眯地对我说，我想好了，想进去还不容易？杀人放火的事就算了，强奸太猥琐，抢劫太暴力，偷窃个东西当回贼总可以吧。说是偷其实就是借来一用，反正还要物归原主的。我这辈子虽然没偷过，但可以现学啊，反正横竖就这一次嘛，技艺差点也不至于被人耻笑了。只是，偷什么倒是个问题，做贼也要做个雅贼，有点风骨才好，你觉得偷什么最合适？我思来想去，窃古籍最为合适，不仅风雅，还显得我品位不俗。

我从椅子上跳了起来，倒退几步，指着他大喝道，老戴，你是不是喝多了？胡说些什么呢？戴南行悠然往嘴里倒了一杯酒，然后抹抹嘴，又理理头发，庄重地说，我昨日夜里刚作了一首诗，读给你听吧：

　　　如《易经》中的坤卦

　　　凝神倾听乾卦的召唤

　　　如身体里的血液

倾听心脏的搏动

浸入晨光的温泉

融入无限的循环

肉体化为乌有

意念归于自然

与山间小道边的野草

与河流上翻飞的鸟群

与林中小亭、亭中远眺的人

一起，跃入真相涌动的深渊

五

我以为他不过是酒后胡言乱语,并没有放在心上,没想到几日以后,这厮真的从学校图书馆窃了一本古籍出来,是光绪年间的桐城吴先生全书《尺牍补遗》。他还抱着古籍,兴冲冲地跑到我家中向我展示他不俗的品位。他小心翼翼地在我面前翻了两页,咂嘴道,老赵你看看,精写刻字体,字体奇特,有北朝隶楷古韵,开本宏阔,镌刻古拙,有金石味;且吴汝纶的文章既得桐城整饬雅洁之长,又矜炼典雅,意厚气雄,我这段时日里先后对比了《昌黎先生集》《红雪楼九种曲》《顺天府志》,还是最喜欢这本。末了,他又得意地问我,怎么样,我戴某人的品位还是可以的吧?

见他真的偷出了古籍,我急得脸色都变了,催促他赶紧还回图书馆去，现在去也许还来得及，等到图书馆发现去报了案就麻烦了。他不再多说什么，收起古籍，仰天大笑着出了门。我没想到的是，他并没有去图书馆还书，而是直奔公安局自首去了。因为盗窃的是珍贵古籍，他被判了两年有期徒刑，如愿以偿地进了监狱。

　　我第一次去监狱探视他的时候，给他带了一条烟、一盒巧克力，我们很简短地说了几句话，他不说他在里面过得怎样，也不提有没有见到桑小军，只说他在那里已经写了好几首诗了，都写在烟盒上。我也不知道该说点什么，沉默片刻才安慰他道，那你多写点，等以后出去了就可以出本诗集了。他倨傲地说，你让我自费出本诗集？简直是羞辱我。我想说，你不是一直想有一本自己的诗集吗？但最后只是对他笑了笑。

　　直到后来桑小军出来后给我讲了个里面的故

事，我才知道了我那盒巧克力最后派上了什么用场。桑小军生日那天，在监狱里忽然收到了一份生日礼物，摆在他床铺上，也不知是里面的犯人送的还是管教送的，是一个用报纸叠起来的纸盒子，里面放着十几个洁白精致的饺子，饺子皮是用大米饭做成的，里面包的馅儿竟然是巧克力。听桑小军讲这个故事的时候，我立刻就明白了，这是戴南行的手笔，当年我们读师专的时候，也吃到过一次巧克力饺子，就是出自戴南行之手，当时他想把那盒巧克力分给我们吃，又怕我们自尊心受伤，就想出了这么一个办法，瓜分了那盒珍贵的巧克力。

我猜测，戴南行在里面一定是绞尽了脑汁，最后才想出了这份生日礼物。而且，人难免会模仿自己当年最为得意的手笔。他从自己的伙食里偷偷扣下了大米饭，用这些米饭捏成饺子皮；至于我送给他的那盒巧克力，他没舍得吃，一直留着，留到了桑小军生日那天，做馅儿包进了饺子皮里。

桑小军出来没几天，学校就给他平反了，说上次财务上的事情已经搞清楚了，不是他的责任，同时把他的工作也恢复了，通知他可以去上班了。我得知这个消息的第一时间就跑去找他，我说，我们得祝贺一下，我请你喝酒吧。他同意了。黄昏的时候，我俩走出学校，找了个僻静的小饭店，在一条巷子里。我点了一大桌菜，点完又有些后悔，这样的补偿方式着实有些拙劣，与他那两年多受的苦相比，更是不值一提。

果然，他对那些菜看都不看一眼，只是大口喝酒，简直像戴南行附体，只差没有唾沫飞溅地演讲了。我便也只是默默陪着他喝，我俩很长时间说不出一句话来，都有相对如梦寐之感。那两年半的时间好像并没有真实地存在过，只是一个梦境或者是比梦境更稀薄的东西，我和他一起喝酒仿佛就是昨天的事情,但我又多少感觉到,他到底还是和从前不同了。倒不是因为他脸上添了两道伤疤,而是,他身上原来封存着的那点戾气忽然被放出来了,这使他整个人身上散发着一种森冷的气息,在那么一两个瞬间里,就着灯光的反射,我甚至能看到他眼睛里闪过的寒气。

后来,我还是小心翼翼地把话题绕到了戴南行身上,我试探着说,再过半年,老戴也该出来了吧。他不吭声,独自喝了两杯酒,又往嘴里塞了一根烟,一根烟几口就吞下去了,最后他用手指摁灭烟头,终于说了一句,那个二货,谁让他进去的?!我小声说,他进去是为了陪你。他忽然猛地一拍桌子,对我喊道,我说过我需要别人进去陪我吗?

我们走出小饭店的时候,夜已深了,居然是满月,银白的月光流了满满一巷子,像一条发光的河流,我俩慢慢蹚着月光往前走,不知是谁家门口,几枝夹竹桃从墙里探出头来，一身妖气地朝着我们张望，粉色的花瓣飘落到我们身上，我们像鱼儿一样在水面上啜食着花瓣，连门口的石墩都在月光下闪闪发光，如水底的贝壳。我忽然觉得，二十世纪八十年代的漫游之夜在这月光下又复活过来了，那些夜晚，我们在月光下星空下在雪地里漫游、吟诗、冥想。用戴南行的话说，冥想和漫游就是人在不断向神靠近的过程，这个神格化的过程多少可以减轻人的痛苦。

我向桑小军提议道，月光这么好，不能浪费了，我也好久没上后山了，咱们去山上看看吧。他欣然同意，于是，我们俩披挂着一身银霜，抄了一条歪歪斜斜的小径上了山。山上没有一点灯光，月光亮得有些惊心动魄，所到之处，万物度化为安详的银色，如涅槃之境，而在照不到月光的地方，万物又退向了幽暗的深渊。仿佛整个世界只剩下了明暗两种色调,如一架巨大的钢琴,黑白的琴键上甚至能听到天体的音乐。戴南行曾和我说过,我们平时听不到天体的音乐,是因为杂音太多了,但在绝对的寂静中是可以听到的。他就听到过月相盈亏变化时发出的竖琴般的音乐、流星划过夜空时发出沙锤般的音乐,他甚至听到过地球转动的音乐,他说,地球就像一个巨型的木质音乐盒,会发出嘎吱嘎吱的音乐声。

桑小军走在我前面,他时而消融于黑暗,时而又在月光中浮了出来,像个魂魄,又像是他留在梦中的倒影,不真实中带着一点诡异之气,如果他此时回头看我,大约也会有这种不真实感。我们沿着山路一直爬到了山顶,明月高悬于群山之上,离我们如此之近,似乎一步就可以跨进月亮里去。我和桑小军屏息站在山顶上望着月亮,月光净化着一切,万物归于慈悲寂静。我们像是真的又回到了二十世纪八十年代的月光下,但我和桑小军一句话都没有说,就那么静静地站着。月光从我身体里流过时, 我能感觉到体内的血液正像潮汐一样涌动,我忽然明白戴南行为什么喜欢在月光下漫游了,因为, 这来自宇宙的光亮本身就是人类肉身的一部分,人与月光其实从不曾真正分离,所以人才会在月光下得到治愈,或发疯、痛哭,或变成狼人。而戴南行只不过先我们一步窥视到了这种宇宙的秘密。

戴南行出狱的时候,是我一个人去接的,我没让桑小军去,他被平反,又恢复了工作,而戴南行出来了连工作都没了,他又是极讲尊严的人,如果这时候见了桑小军,怕他心里多少还是会有些不舒服吧。去监狱的路上,我一路都在盘算,没了工作,像他这种手不能提、肩不能挑的文弱书生还能做什么,一分钱难倒英雄汉,总不能到大街上给人算命去。

我把戴南行接回他家里，又帮他收拾了一下屋子，犹豫一番才对他说，老戴，我晚上叫上几个熟人，一起给你接风吧。他正坐在椅子上抽烟，看上去很是枯瘦，坐在椅子上就像一堆干柴架在那里，跷着二郎腿，但裤管里空荡荡的，好像里面什么都没有。他一听我这话，慌忙摆手，别别，千万别，我很久没有一个人待着了，晚上睡觉都是多少个人挤在一起，我就想一个人清静几天，你们谁也别烦我。我也点了一根烟，抽了两口，小声说，那个，小军比你早出来几天，也就早几天，要不就咱们仨一起喝点酒？我刻意不提桑小军平反和恢复工作的事，我现在要是提这些，简直像在向他炫耀了。他两只手指捏着一根烟屁股，马上就烧到指头了还舍不得扔，他吸着烟屁股，咧嘴笑道，你忘了？他当年说，出来第一件事就是先杀了我，我哪敢见他。我夺过他手里的烟屁股扔了，他嘴里哎呀一声，连忙起身又把烟头捡了起来。我的眼泪差点下来了,我又蛮横地抢过烟头,扔到地上,用脚使劲踩灭了。他静静站在我身后,忽然不再说话了。

过了几日,我想他应该也适应得差不多了,便上门去找他。却见门上贴着一张纸条,上面写着"本人去天地间漫游去了,勿来寻我"。我敲门,不开,又使劲敲了半天,里面无声无息的,不像有人在的样子,只得走了。第二天第三天我又来敲门,一连敲了七八天的门,里面都是静悄悄的一片,我心想,莫非这厮真的又去漫游了,他现在连工资都没有,从前也没多少积蓄,能去哪里漫游?

我把这事和桑小军一说,他皱着眉头说,身无分文地去漫游,那和讨饭的叫花子有什么区别?说罢找了一张纸,用毛笔在上面写了几个斗大的字,隔着几里地就能看到:"戴南行你给我出来,老子还没和你算旧账呢。"他一定想着,以老戴的性情,哪见得了这样的挑衅,即使正藏在火星上也会嗖地一下蹦到他面前,唾沫横飞地对他说,我戴某人进去陪你两年,虽说时间不长,但图的就是"情义"二字,你当戴某是进去逛公园呢?

我们去了戴南行家门口,又敲了半天门,里面依然毫无声息,桑小军刷上糨糊,啪的一声把白纸黑字贴在了门上,然后信心满满地对我说,放你的心,不出两天他肯定去学校找我决斗。

一下又过去十来天,戴南行不但没去学校找桑小军,连他门上贴的那张纸都完好无损。我心想,看来他还真的出去漫游了。又考虑到一个身上没有钱的人不可能走多远,我一有空便在山城的大街小巷里寻找他,看见街上有讨饭的叫花子或摆摊打卦的算命先生,就一定要凑过去看个仔细,唯恐是由戴南行变化而成的。我又把后山上那些他爱去的地方,破庙、坟地、桃树下挨个儿寻了一遍,也不见他的任何踪迹。后来我又去了黄河边，把碛口渡、乾坤湾都找了一遍，也没有他的影子。

这天晚上，我坐在台灯下整理他那些写在烟盒上的诗，这些诗都是他在里面时写的，他一出来就都送给我了。其中一首这样写道：

大雪之中的木槿花树在寒风中战栗
冻僵的月光如冰块般砸到它的身上
父亲暗夜出去，为木槿花树祈福
我在暗夜起来，默默为父亲祈福
夏天，木槿花盛开。父亲告诉我
一朵木槿花，晨起盛开黄昏颓败
这是最高意志给出的象征
它的时间自成轮回，它对此安之若素

我久久看着最后一句"它的时间自成轮回，它对此安之若素"，忽然有种奇异的感觉，感觉他在里面的时候，心灵并不痛苦，起码不像我想象的那样痛苦。我甚至觉得，在里面的那两年时光也许是他的漫游之一种，与他在雪地里、破庙里、桃树下、黄河边的漫游，本质上并没有多少区别。因为他所有的漫游都是精神性的，空间对他来说并不是真正存在之物，它们只是一种不停幻化的背景。而且，在越是逼仄的空间里，精神越容易被唤醒，甚至，所有精神性的同类也会被一起唤醒，神灵、鬼、巫、魂魄、幻想、诗歌，逼仄的空间变成了歌剧院，变成了神话世界，斑斓、奇幻、辉煌、庄严。我想起他曾在办公室里待了三天三夜，任是谁来敲门都不开，那何曾不是他的一种漫游方式？

想到这里，我脑子里忽然闪过一个念头，会不会是他又故技重施，而事实上他根本就没有离开他的房子？他喜欢把自己的一些经典桥段第二次、第三次拿出来使用，就像巧克力饺子一样，再次拿出来使用的时候，他会像个导演一样偷偷坐在观众席上，饶有滋味地看戏。看看表，已经半夜一点多了，妻儿早已睡下，我披了件衣服，轻手轻脚地推门出去了。我走到戴南行住的那栋楼下，仰脸一看，果然，他的窗户正孤独地亮着灯光，而其他窗户都黑黢黢的，猛一看，好像他住的那间房子正像鸟窝一样悬浮在半空中。我爬上六楼，桑小军贴上去的那张纸居然还在，只是旧了一点。我横下心来开始敲门，敲了足足半个小时，快把整栋楼里的人都敲醒了，他屋里还是一点动静都没有。我便对着门骂道，姓戴的，你就在里面装死吧，有本事，你就一辈子像蝙蝠一样躲着，算什么英雄好汉。

我骂完片刻，门嘎吱一声开了，一缕灯光泻了出来，灯光里立着一个面目不清的瘦长人影，是戴南行。我进去一看，戴南行顶着一头乱蓬蓬的长发，倒像是回到了他读师专时候的发型，只是白了不少。地上摆着一箱方便面，估计他这段时间就是靠吃这个为生的。桌子上摇摇欲坠地摞着一摞书，几乎顶到了天花板上，简直像在玩杂技，地上、桌子上、椅子上到处是横七竖八的稿纸，我捡起一张看了看，上面龙飞凤舞地写着一首诗。茶几上摊着的棋刚走到一半，好像有两个隐形人正在对弈。

戴南行并不招呼我坐下，自己先坐在了椅子上，背挺得笔直，跷着二郎腿，像从前那样把长发一甩，露出两只眼睛，倨傲地看着我说，老赵，你凭什么说话那么难听？我在自个儿家里漫游，碍着别人什么事了？吃你的还是喝你的了？

我上下打量着他，只见他虽然枯瘦，但是穿戴还算整齐，起码没有在身上胡乱披个麻袋。我走过去，冲着他说，你老这么关着自己，也不怕发霉了？你每天在屋里干吗呢？他往后仰了仰，好像要躲开我的声音,他敲着桌面说,我要做的事实在太多了,漫游、看书、思考、参卦、下棋,有时候一盘棋就能下两天两夜。我说,这屋里除了你连个鬼都没有,谁和你下棋?他用手理了理头发,傲然说,我的影子和我下棋,不可以吗?我愤怒地说,下棋能当饭吃?他把背挺得更直了,昂首挺胸地说,何需吃那么多,吃,本就是个存活的手段,多了就是累赘。

忽然他像想起了什么,眼睛在枯瘦的脸上燃烧起来,倒吓了我一跳,只见他跳起来,从一堆稿纸里刨出一张皱巴巴的纸递给我,说,老赵,忘了给你看这个了,知道这是什么?河图,这可是远古星空啊,你想想,地球上连只猴子还都没有的时候,这远古的星空就已经挂在那里不知道多少年了,你不觉得这才叫伟大吗?我第一眼看到这河图的时候,就觉得这图里有一种奇特的力量,会让人沉下去,沉到很深很远的地方去,是不是很奇妙?你来看,这河图的黑白点必是由昼夜演化而来，就是阴阳二爻，中间的这个点就是太极，两仪居中，动而辐射四方，故三八居东为少阳，二七居南为老阳，四九居西为少阴，一六居北为老阴。观河图之形，四象既生，两仪乃立，则知两仪之生气未尽，必继续生化出八卦，八卦既生，天地定位，山泽通气，雷风相搏，水火不相射。先天之理，五行万物相生相制，以生发为主，后天之理，五行万物相克相制，以灭亡为主，这就是一生一死。老赵你看明白了吗？我们所有的文明其实都是由远古星象繁衍出来的，我们其实不是大地的子孙，而是星空的子孙，古人祭极星，因为极星代表永恒，现在呢，还有人祭祀明亮与永恒吗？有，热爱文学其实就是一种祭祀，而祭品就是那个作家或那个诗人。

我也被震撼到了，把那张河图铺到桌上，久久地看着。看久了果然会产生一种错觉，这远古的星空从天上掉到了地上,离我咫尺之遥,我可以真实地触摸到它的光芒,可以触摸到宇宙间最古老的秘密。然而,我很快就清醒了,我把目光从河图上移开,走到窗前打开窗户,看着窗外黑黢黢的夜晚说,老戴,你不能一直这样逃避下去,再这样下去,恐怕你连买袋方便面的钱都没了。人在这世上活着,有些事是躲不过的,你还是得找个谋生的事情做,你自己得好好想想了,我也帮你想着这事,现在不是清高的时候了,现在没人稀罕清高。明晚一起去喝酒吧,我叫上小军,就咱们仨。戴南行仰头大笑起来,说,我可不敢,桑小军不是说出来第一件事就是先杀了我吗,哈哈哈……我打断他,瞪着他说,他要是想杀你不是早就杀了吗,你要是怕被他杀了还会在这里干等着?

说完我走过去,不等他开口就把口袋里的几百块钱加零头全掏了出来,放到桌子上,然后迅速朝门口走去,唯恐被他抓住。我正在下楼梯,忽然见一架纸飞机从上面飞了下来,一头撞在了地上,纸飞机是用百元大钞折成的。随后就是第二架、第三架、第四架,几架纸飞机在我头顶乱飞乱撞,像一场混乱的战争。最后飞过来的是戴南行傲慢的声音,请你们不要随便可怜我,我过得很好,不,是非常好。

六

　　我把见到戴南行的经过和桑小军说了一下,他大惊,说,那货居然一直就躲在屋里?他要实在不开门,不行就把他的门撬开吧。我听了这话不禁大吃一惊,想起当年戴南行躲在办公室里不出来,我们要撬门,桑小军坚决不同意,他说,你们是强盗吗?不是强盗凭什么撬人家的门?门都随便被撬,人还有什么尊严可言?

　　真有恍如隔世的感觉。我只好说,快别,我现在觉得老戴其实也不是完全脱俗的,他现在不愿见人,可能因为多少还是有点自卑吧。别人都有正经工作,就他没有,还平白无故地戴了顶刑满释放的帽子,你想如今这社会这么势利,没钱没势的本来就被人小看,再加上刑满释放,人们会怎么看他?他当年进去的时候就是出于哥们儿义气,想着进去陪你两年,大不了到此一游,如今他心里有没有后悔还真不好说,只有他自己知道了。下棋、参卦、写诗、漫游都不是问题,关键是,他一直这样下去,那还不就是等着饿死了?

桑小军咧嘴笑了笑,说,你太小看老戴了。

我忽然像想到了什么,犹豫一番,还是盯着桑小军问了一句,小军,你呢?你为什么也不愿意去看老戴?莫非你心里真的对他有了怨恨?

桑小军冷笑一声,你也太小看我了。

过了几日,我下课后正骑着自行车往回走,忽然看见桑小军远远朝我跑过来,在阳光下面孔放光,好像有什么喜事急着要告诉我。他跑到我面前,一把抓住自行车的龙头,像是怕我跑了,然后兴冲冲地对我说,老赵,今晚请你喝酒。我说,有喜事?他一笑,说,我从学校辞职了,目前正在办离职手续。

我差点从自行车上摔下去，明白他这是为了陪老戴，心里不免一阵感慨。还不等我开口他又抢着说，你可别以为我是为了老戴啊，是我自己早想辞职了，就那么点工资，还得一天到晚看人眼色，他妈的像施舍叫花子一样，说赶你走就赶你走，说收留你就收留你。他们主动给我恢复工作的时候，你猜我为什么要答应呢？就等这一天了，老子主动辞了工作还多少显得有点风度，以为老子就那么稀罕这破工作？

我叹道，像我们这样的穷书生，又没有谋生的一技之长，离开学校还真的不知道能干什么，老戴还能给人算命打卦，像你我又能做什么？总不能去大街上卖凉粉去。桑小军笑道，那是你还没想明白，自在最重要，大不了我再回山阴放牛去。

我推着自行车，他一定要陪我走一段，走了一段路，两个人却又都沉默着，忽然无话了，只是默默地走。明知道他即使辞职后也还在山城生活，在烧饼大的山城里，见面还是很容易的，我却忽然生出一种生离死别之感，不胜伤感。他一路送我，大约也是因为有同样的伤感吧。

一直走到我楼前的柳树下，我说那我上去了，他却还是不走，拽住我的自行车，一边玩着我自行车上的铃铛，一边慢条斯理地说，你急什么，再说说话呗！这些天我一直在琢磨一件事，老戴对工作的厌恶比我更甚，以前他不止一次和我说过想辞职，说这工作琐碎磨人毫无意义，人际关系也让他受尽折磨，我每次都劝他，总得有个饭碗吧，辞了工作干什么去？要饭去？我能感觉到，越到后来他对工作的厌恶越重，因为这种工作完全背离了他的本性，再加上换了领导之后他不断地被边缘化，已经没有什么尊严可言，但他可能也有点害怕，害怕真的没工作了如何生存下去，总不能去大街上摆摊吧？于是工作完全成了鸡肋,他又是那么高傲的一个人。后来他主动把自己送进监狱,一方面确实是想进去陪我,一个心理上的陪伴,另一方面,你觉不觉得,也许老戴正是趁这个机会故意让自己丢了工作?他以前就想辞职但一直下不了决心,这样一来,他就被外力推着达到了辞职的目的。你想想他是何等人物,怎么可能因为没了工作就自卑到羞于见人?

万千柳条披拂下来,如烟似雾,把我们二人笼罩在其中,像一座泊在这里的孤岛,周围来来往往的人声都被推到了远处,桑小军按铃铛的那只手也忽然停下,一切在瞬间归于寂静。我愣了半天才问他,那你觉得他到底是因为什么不愿意见人?桑小军仰脸看着柳树倒垂的头发,脸上有一种罕见的温柔,我听见他说,我觉得是因为,他本来就不喜欢人,只是他从前自己都不明白,现在,他想明白了。

深夜,我独自枯坐在书房的台灯下,回味着桑小军白天说过的话。台灯里流出来的橘黄色灯光，在黑暗中圈起了一块小小的牧场，牧场里生长着文字、书、钢笔、笔记本电脑，还有一块黄河石，是多年前我在黄河边捡到的。方寸大小的牧场之外，就是巨大的黑暗，在这窗户的外面，则是更加无边无际的黑暗，好像全世界就只剩下这盏孤灯了。我忽然想起多年前戴南行提到过的一个概念，异托邦。异托邦是所有地方之外的地方，是世界之外的世界，通过它还可以去往别的地方。那可不可以说，这盏孤灯也是一处异托邦，通过这里，我可以去往更深邃幽暗的时光深处，甚至可以去往戴南行的世界里？

莫非，监狱对他来说，也是一处异托邦？同图书馆、破庙、坟地根本没有什么不同，时间在这里忽然中断，分岔出多条小径，状如迷宫，而走上其中的任何一条小径，都可能来到另外一个时空里。也许，时空本身就带有随时可以变形的魔法,它可以幻化作不同的形式,但无论形式如何变幻,内里的东西却是无法改变的。那么,戴南行在监狱里的时候,照样可以漫游、写诗、思考、参卦、和自己的影子下棋,所谓囚禁对他来说只是个形式,并不能真正困住他,和他坐在桃树下是没有什么区别的。那他现在到底是因为什么不愿意见人?真的是因为,他从来就没有真正喜欢过人?

我想起读师专的时候,每次在人最多最热闹的时候,戴南行就会忽然抽身离去,一个人去山上的破庙里躺着,或者干脆躺在雪地里数星星。我又想起他短暂的婚姻,传说离婚的原因之一是他不想要孩子,因为孩子是一个新生的人。我又想起他坐在一桌人里高谈阔论的孤独与凄凉,想起他对于人际周旋的厌恶与痛苦,当他没有办法消化这种痛苦的时候,就把自己关在办公室里,不见任何人。又想起越到后来,他越发与人疏远,却越发与草木鸟兽亲近,每认识一种新的植物,都要兴致勃勃地把名字告诉我,还要给每种植物写首诗。

从我们认识的那天到现在,居然已经过去二十多年了,从二十世纪八十年代对乌托邦的狂热,到二十世纪九十年代对商业的狂热,再到二○○○年之后对网络的狂热。二十世纪八十年代在一起讨论文学和诗歌的同学,如今有的升官,有的发财,有的成天在电脑前搞网恋,在网上聊一段时间就去见面,见光死之后又回到电脑前,找下一个目标继续聊。狂热其实从未消退,只是变换了颜色和方向,于是时间变成了一种奇幻的怪兽,每往前奔跑十年,便变幻出一副新的模样,而自始至终其实就是那一只兽。

我纵使随波逐流,紧跟随时代,还时常被老婆斥为无能,因为每月只会拿一份死工资,又因为要评职称而不得不对人低三下四,时常觉得在人世间饱受伤害。我也时常在想,到底什么样的人在这人世间才能不被伤害? 如果有的人站在原地不动,只任凭时间像河水一样从他身边流过去,那就会产生一种奇特的效应,这个人的周围就会形成一个黑洞,这个人就变成了一个被包裹在黑洞里的人,时间对于他来说就是失效的。无论时代如何更新更迭,他都岿然不动地站在他自己的浪漫与尊严里。

想到这里,我只觉得唏嘘不已,便关掉台灯,只枯坐在一团巨大的黑暗中。那抔橘黄色的灯光倏地消失了,牧场般的异托邦也随之消失,融化在黑暗中。我忽然明白了,一个人是可以创造异托邦的,它们不同于乌托邦的虚幻,它们是实实在在存在于大地之上的,甚至可以成为一个人真正的居所。

又过了几日,我拎了些水果吃食去看戴南行,一路上想着该不该把桑小军辞职的事告诉他。到了他家门口只见门上贴了一张新的纸条，上面仍是写着"本人去天地间漫游去了，勿来寻我"。我把纸撕了，开始乒乒乓乓地敲门，不开，又敲，还是不开。足足敲了有一个小时，我实在没有耐心了，脑子里又闪过一个念头，那厮会不会是饿死在里面了？连最后一包方便面也吃完了？想到这里，我心里竟有些紧张，最终还是决定打电话让桑小军过来撬门。没想到，这门最后还是被撬了。等到门撬开后，我俩一拥而入，准备惊骇地发现戴南行正倒在地板上或床上，没想到，屋里是空的，别说人，连个鬼影都没有。门后也贴着一张纸条，上面写着一行字："借用结束，房子还给小军，家具和书一并送给小军。"我和桑小军看着那张纸都半天说不出一句话来，原来他早知道桑小军为他要房子的事。桑小军走过去，把那张纸条撕了。

什么东西都没少，那些书和诗稿也都放在原

处,我拿起最上面的一页诗稿,只见上面用娟秀挺拔的钢笔字写着一首诗:

> 悬浮于你的头顶
>
> 只见翼,不见翼上的鸟身
>
> 一片灰羽缓缓落下
>
> 覆盖大地上的灵魂
>
> 孤独之茧包裹骨脊山
>
> 破壳的声音传遍四野
>
> 你的心日益被落羽填满
>
> 悬浮的灰翼是如此沉重

桑小军把散落在桌上、地上的那些诗稿都整理起来,居然有厚厚一沓,他坐在沙发上一边抽烟,一边一首一首地读那些诗。我则在这套不大的房子里游荡着,从一个角落游荡到另一个角落。因为戴南行的离去，这房子忽然产生了一种失重的效果，房子里的一切器具，锅碗瓢盆、书架上的书、窗台上的花盆、衣架上的衣服，好像都长出了翅膀，几欲飞翔，它们都在寻找戴南行。戴南行过于庞大的精神性，使他离开的时候都无法把自己的灵魂全部携带走，多少还留了一部分在这屋里，我能感觉到他的那部分灵魂还在这屋里写诗、下棋、参卦。我打开窗户，一阵穿堂风立刻从我身体里奔跑而过，也像个幽灵。这房子简直像座中世纪的城堡，住满了各种灵魂。包括我自己，在这里竟也变得像个灵魂，脚步无声无息，可以与一切无形之物交流。

我站在窗前迎着风，心中忽然升起了一种隐秘的快乐，他到底还是漫游去了。这次，他离开他熟悉的那些角落，图书馆、破庙、坟地、桃树下，终于去往更广阔之处漫游去了。也许他从前就下过不止一次决心，但这次，总算是实现了。

我下楼买了啤酒、花生米和卤菜,我和桑小军说,我们应该为老戴庆祝一下,庆祝他终于获得自由。等我回到房间,看到坐在沙发上的桑小军正满脸是泪,我有些惊讶,心里似乎明白了什么,但还是问了一句,小军,你怎么了?桑小军抹了一把脸,对我笑道,还没来得及和你说呢,我准备贷款买辆大卡车,跑焦煤,听说这个容易赚钱,以后我不是诗人不是大学老师,我就是个货车司机了。你看,我和你和老戴走着走着就走散了。可是我和你说句实话,我一想到我至今还有老戴这样的朋友,我心里就有一种骄傲。

　　转眼就是一年。在这一年里,我再也没有到处去寻找过戴南行,在街头看见算命打卦的,我也不会凑上去看个仔细,而是远远躲开。我心里有一种奇异的笃定和踏实,一定不会是戴南行。他就是某一天忽然再次出场了,也不会是以这样的方式,他是何等傲慢的人物。某些时候，我会把他和挂在夜幕上的那些星星联系起来，好像那张古老的河图才是他最终的归宿。

这一年里我和桑小军也只见过一次，他果然开始跑货车了，他大部分吃住的时间也都在货车上，车上带着电饭锅、煤气炉甚至洗衣机。堵车是家常便饭，最长的一次堵车长达一个星期，他就一个星期在车上住着，每天早晨下车做早操洗脸，上午还被人叫过去打会儿麻将，中午逮着什么吃什么，最贵的时候，路边的一个鸡蛋能卖到二十块钱。渐渐地，我们三个人好像真的走散了。

春天再次来到了山城，我站在窗口看到黄土山上栖落着几团粉色的云霞，就知道，是山上的桃花又开了。我找了一个阳光灿烂的午后，独自沿着窄窄的山路往上走，一直走到了那株桃树下。桃花开得正好，有一种沉穆野逸之气，我在桃树下独自赏了一阵桃花,然后便枕着煦暖的春阳睡着了。等醒来的时候已是下午,这才发现自己身上盖了厚厚一层桃花,地上也铺着一层桃花,微风过处,桃花像雪一样漫天飞舞。我脱下外套,包了一包桃花,心想,用这些桃花酿酒就能留住这个春天,储存一坛桃花酒给戴南行留着,这些天地之物与戴南行有着天然的亲缘关系;又想到许久没有他的任何音信了,他的电话早已停机,我甚至不知道他是不是还活在这个世界上;但又想到他是追逐本性而去,终究去了他该去的地方,心里便又生出一种奇异的安宁与稳妥。

七

　　这天,我正坐在书桌前看书,忽见窗前站着一只鸽子,过了一会儿一抬头,它还站在那里,没走。我有些好奇,便打开窗户看个究竟,却发现那鸽子腿上居然绑着一封信,竟是一只信鸽。现在居然有人用这么古典的方式给我送信,除了戴南行还有谁。我连忙把信打开,果然是戴南行的字迹,那厮如今连部手机都没有,也只能用信鸽送信了。

　　　　老赵,见字如晤。我如今是一名大地上的
　　　　牧民了,但不是放牛也不是放羊,而是放蜜蜂。
　　　　因为蜜蜂多数时间都在空中飞行,所以说我是
　　　　大地上的牧民也不见得合适,但说我是空中牧
　　　　民更不合适,我毕竟没有翅膀。但放牧蜜蜂和

放牧牛羊的差别并不大,除了蜜蜂的性格比牛羊更自律更强硬,它们不放过自己更不放过同类,且不怕死,它们其实更像勇士,千万不要被它们的小个子所迷惑。我一年中的大部分时间都在天南地北地追赶花期,你想想这是一件何等浪漫的事情。而花期其实就是一个变种的时间,追赶花期就是追赶时间,所以在这个过程里,我看到了形形色色的时间。二月份是油菜花,三月份是桃花和杏花,四月份是梨花,五月份是黄刺玫和枣花,六月份是丁香和石榴,七月份是椴树花和槐花,八月份是桂花和向日葵。花蜜的品种也是绚烂至极,花蜜的颜色是在同一个谱系中繁衍出了无数种金色,把它们摆在一起的时候,就会看到,金色在琴键上优雅地流动着。桃花蜜、梨花蜜、槐花蜜、百花蜜,还有一种神秘有趣的花蜜,是花蜜里的女巫,会让人产生幻觉,这种花蜜叫曼陀罗花蜜,哦,它的花粉还能制作蒙汗药。对于我和我的蜜蜂们来说,这些花期就是我们的节日,隆重、盛大、热烈,所以我和蜜蜂们一年到头都奔赴在去往节日的路上,喜气洋洋的。即使换场的时候,亲爱的小蜜蜂们也不会走丢,我赶着马车拉着蜂箱走在大地上,蜜蜂们则在我头顶跟着我飞,我走到哪儿,它们就跟到哪儿,蜜蜂要比人类更忠诚勇敢。

等我再抬起头来,那只前来送信的鸽子已不见了踪影,灰蒙蒙的天空里倒是掠过了几只飞鸟的影子,但到底哪只是它就无法知道了。戴南行居然训练了一只信鸽,这信鸽居然还能找到我家,简直有点像魔法世界里的猫头鹰信使,这让我觉得戴南行和我已经不在同一个时空里了,而是在和我平行的另一重古典时空里，那里不用手机，不开汽车，至今人们还在使用马车和信鸽。我又想到了桑小军，他此时可能正拉着一货车焦煤奔跑在千里之外。他和戴南行，一个开着货车拉焦煤，一个驾着马车追赶花期，貌似形式有别，但本质上却十分接近，他们俩其实又成了同一个品种，都属于漫游者的族群。而像我这样终日往返于学校和家中，多数时间坐在书房里的笼中之物反而被他们抛弃了。

本来我想打听一下附近哪里有养蜂人，又觉得我这种寻找，对于一个四处追赶花期的人来说，完全是一种多余，便作罢了。但以后，不管在哪里，只要见到有鸽子飞过，我就要盯着看半天，直到它的身影完全消失在天空里。我在猜测，到底哪一只鸽子是戴南行的？那鸽子平时不送信的时候都在做什么？可它给我送的信如此之少，它会不会觉得闲得发慌？

124

就这样又过了大约一年,那只鸽子再次来到了我的窗前给我送信,一年不来,它居然还记得路,真是天生的信使。我送走鸽子,连忙打开信。

老赵,见字如晤。我在黄河入海口给你写了这封信,请大莺给你带过去,大莺是我信鸽的名字。我不再放牧蜜蜂了,我卖了蜂蜜买了几张羊皮,做了一只羊皮筏子,我敢说,世界上实在没有比羊皮筏子更可爱的船了。吹起来的羊皮就像一只只羊形的气球,把这些羊形气球赶下水的时候,我感觉自己就像在水上牧着一群羊,看来我真是做牧民做出感觉来了。一群羊共同驮着一只木筏,木筏上再驮着我。而且羊皮筏子极轻,轻得根本不像一条船,倒像一根羽毛漂在黄河上,有时候它驮着我,有时候风浪大了就我背着它。羊皮筏子是黄河上最古老的船只,少说也有几千年的历史,我坐在这样的船上,有时候觉得自己要去的不是大海,而是时光的源头。你是否记得,当年我们总是猜测黄河的上游是什么样子的,让我来告诉你吧,黄河的源头在巴颜喀拉山,我从卡日曲河开始漂流,经过了星宿海、鄂陵湖,看到了红嘴野鸭和灰天鹅,我还在甘南州的黄河边上看到了峭壁上的苦行僧,他们在黄河石壁上凿洞静修,一苦修就是几年。我还闯过了拉加峡、羊曲、野狐峡,九死一生,又走过了李家峡、盐锅峡,从兰州穿城而过,然后过乌金峡、黄河石林、黑山峡、黄石漩、青铜峡、塞上江南、河套平原、十二连城,来到晋陕大峡谷,过壶口瀑布,进入黄河下游。黄河在下游无比温顺,像位真正的老母亲。

　　一路上,我和羊皮筏子绑在一起,黄河站

起来,我和筏子也一同站起来,黄河躺下去,筏子和我也躺下去。我准备了一麻袋干馍馍,带了只小煤油炉,我一边在河里走一边放网捕鱼,捕到黄河鲤鱼就煮了鱼汤。有时候岸上人多,我就白天睡觉,晚上走。晚上有月光的时候,整条河都是银色的。你想想看,在黢黑寂静的夜里,一条光灿灿的大河独自在赶路,世界上所有的高山大川都隐匿于黑暗,只有这大河又辉煌又快乐,口袋里装着月亮、星辰、鲤鱼、黄河大铁牛、河神、羊皮筏子、河底的尸体,还有我。如果是满月,那天地间会变得静穆而神圣,大河会与天体对话,会生出更湍急更诡异的旋涡,月光就是它们之间的语言。这群羊形的气球驮着我,越走越开阔,大河在渐渐变宽变胖,最后,就像变魔术一样,大河忽然消失了,我发现我已经进入大海了,果然,在大河消失的地方就是大海。

又过了一年,那只叫大鸢的鸽子给我送来了第三封信。

老赵,见字如晤。到达大海之后,我又回到大地上继续漫游,因为我意识到自己终究不是海洋生物。这一年里,我见到了很多岛屿,不是海洋里的岛屿,是大地上的岛屿,它们散落在大地上,却与大海里的孤岛没有本质上的区别。我曾在一片白桦林中看到了一小片红桦,它们鲜艳得如同雪中红梅,像点燃了一样。我不知道它们是怎么来到一片白桦林中的,又孤独又美艳,它们是森林中的一座孤岛。我在山中行走的时候,曾经路过一个村庄,村庄里有几间快要坍塌的房子,有一个盲眼的老人正在河里洗土豆,整个村里就住着他和他的狗。他看不见却什么都能做,他记下了从房子到河边要走几步,到自己地里要走几步,他会生火做饭,会晒地里的玉米棒子,会躺在河边的草地上晒太阳,他一点都不觉得孤单,甚至很快乐。他一个人就撑起了一座孤岛。我曾漫游到南方的一个小山村里,那里住着十来户人家,村口有一棵十几个人都抱不拢的大香樟树,少说也有一千年了。我发现村人的方言里有一些很古老的发音,他们把"筷子"叫"糜箸","晚上"叫"暝","故事"叫"古","他们"叫"伊人","忘记"叫"无忆","钱"叫"纸",不仅古雅,还自有一种清旷的风度,视钱为纸,与芸芸众生背离,多好啊。这个小村庄是一座语言上的孤岛。

　　我还在途中见过形形色色的孤人,补锅匠、换铁掌的、采香椿的、做火纸的、绞面师、弹棉花的、耍猴的、拉纤的、守墓人、修伞匠、磨刀匠、放排工……他们是人群里的孤岛。大地上的岛屿实在太多太多了，它们藏在大山里、森林里、村庄里、月光里、人群里，藏在语言的尽头、社会的边缘、民谣的褶皱里。大地的斑斓性并不仅在于山川大河，只这些陆上岛屿便足以成为大地上的一种奇观。它们由封闭、自卫、弃绝、怀念和某种傲慢组合而成，主动或被动地远离时代与社会，它们可能最终消失，化为大地上的一把尘土，也可能在最幽暗偏僻的角落里生生不息，繁衍子嗣。无论如何，陆上孤岛的奇异和可爱一点也不亚于大洋里的那些岛屿。写到这里，我忽然发现我落下一个人，我自己，一个漫游者，也是一座孤岛。

转眼之间六年就过去了，在这六年时间里，戴南行每年会给我写一封信，都是让他的鸽子给我送过来的，然后，大鸢连口水都不喝就转身飞走了。那只鸽子看上去一点都没有变老，估计，给我送信就是它毕生的使命。我想，就为了让这只鸽子不迷路，我也不能搬家。我并不想搞清楚他信里写的到底是真的，还是只是他的想象，这一点不重要，因为我本来就把那些信当诗歌来读的。

这几年时间里，山城的变化很大，扩建了很多街道，盖起了很多高层楼，我们原来分的房子已经显得老旧了，很多老师都搬进了新的楼房。山城像被吹起来的气球，体积一下膨胀了两三倍，又因为四面被山包围，无论有多少高楼，还是让人觉得在大山里。我经常想，如果站在周围最高的山顶上往下一看，群山之中忽然长出来一丛水泥高楼，终究还是很怪异，山间万物看到了，会不会觉得那像一丛毒蘑菇？学校也盖了新校区，比老校区大了十倍都不止,简直有些浩浩荡荡,我在校园里骑自行车已经骑不动了,改成了电瓶车。过于浩大又过于整洁的校园，使我走在半路上时经常会心生迷惑,怀疑自己是不是走错了地方。

一切物质都在以惊人的速度繁衍,所以看上去周围全是物质,密密麻麻的物质,几乎要把人埋葬起来。手机的屏幕越变越宽,宽得把电脑装进去,把电视装进去,把人装进去,把魔鬼装进去,身上装着一部手机就感觉像扛着一个巨大的口袋,一旦把它丢下又感觉像失了魂魄一般,这才明白,手机那个大魔袋里还装着无数魂魄。

有些东西在加速繁衍，有些东西正渐渐绝迹,一圈人围在一起喝一瓶劣质酒吃一脸盆饺子的时光再没有了,通宵达旦讨论诗歌的时光再没有了,用巧克力和大米饭为对方做一盒饺子的时光再没有了。正因为这种大雪无痕一般的湮灭,和物质太多造成的冰冷与拥挤,我加倍珍惜那只鸽子一年一次的到访,我觉得这是我能拥有的一个最古典最浪漫的秘密,而且这个秘密的另一头牵着戴南行,无论他漫游到何处,我都觉得他像一只风筝一样飘在那些书信的尽头。

偶尔,我和桑小军也会去巷子里的那家小饭店喝点酒,那是真正的喝酒,因为话已经变得很少。我们不谈文学,不谈改成学院的师专,也不谈他的生意,只是默默陪伴着对方,一杯一杯地喝酒。他跑了三年多货车,攒下一点本钱就不跑了,开始与别人合伙开焦煤厂,焦煤的利润惊人,不过几年时间,他已经跻身为山城的富人阶层。数学系的功底再次发挥了作用。听别人讲,刚办焦煤厂的时候,他年底出去要债,身上别着两把大菜刀,进去二话不说就先砍掉对方一根手指,那手指还在桌上蹦了半天。他坐在我对面,身上镀着一层寒光,脸上没有任何表情,话变得比从前还少,多少让我觉得有些害怕。好在他每次叫我喝酒的时候,去的都是从前的那家小饭店,而没有去那些新开的高档酒店,这又让我觉得心安。我每次收到戴南行的信,都会带给他看,他就着灯光把信看了一遍又一遍,然后放在桌子上,倒三杯酒,我们各喝掉一杯,剩下一杯被他倒在了地上。我说,给死人的酒才往地上倒,老戴还活着呢。他撇撇嘴,不以为然地说,他那种人,半人半仙,给他倒天上和倒地上,有什么区别吗?

这种时刻变成了我们三个人之间的一种秘密约会,而与戴南行的约会又让我感觉是在与自然和宇宙秘密约会,在我们周围簇拥着大地上绚烂的花事,满载着月光的大河,燃烧的红桦树,高山峡谷间的小村庄,散落在大地上的古老方言,来自宇宙间的天体音乐,一切变得神秘、辽阔、悠远起来,使我们三个人之间仍然维持着一种无法言说的友谊。只有一次，大约是喝多了，桑小军使劲拍着我的肩膀说，老赵，你给老戴写封信，让那鸽子捎回去，告诉他，什么也别怕，等他老了我养他。我心里一阵发酸，嘴上却奚落道，你敢对老戴说这种话，他不把唾沫星子喷你一脸才怪。

　　某一天，桑小军忽然拿着一本刚出印刷厂的诗集来家里找我，我一看，竟是戴南行的诗集。桑小军把这些年里戴南行写的诗全部搜集整理出来，自费出了一本诗集。山城中学有个退休老教师就自费出了一本诗集，印了一千本送亲朋好友，日夜送人，连我都送了一本，结果怎么送都送不完，垛在家里又嫌占地方，烧火做饭还被老伴儿嫌弃不禁烧。我一边翻着诗集，一边叮嘱他，以后千万不能告诉老戴，他的诗集是自费出版的，不然他肯定要和你拼命。桑小军把鞋脱了，躺在我家的沙发上，看着天花板说，不自费？不自费谁给你出诗集？想都不用想。老戴早在上师专的时候就想有一本自己的诗集了，他不说就以为别人不知道？我倒是有个设想，我想办一座诗歌博物馆，给咱们大学时候那拨人，你想那时候写诗的人有多少啊，几乎是人人都在写诗，我给他们每人出一本诗集，肯定都是自费的，然后摆在诗歌博物馆里，供人瞻仰凭吊那个诗歌时代，你说好不好？

我笑道，你这就是有两个钱烧的，再说了，大学时候的那些诗人早都不写诗了，现在你把人家早就作古的诗翻出来，还要出成诗集供起来，你觉不觉得，你说的这诗歌博物馆有一种阴森森的感觉，好像一本诗集就是一座墓碑？凭吊，你这个词倒是用得好。

桑小军往嘴里塞了一根烟，点着了，抽了一口，若有所思地说，那只鸽子，叫什么来着，最近没来给你送信？等它再来了，给它腿上绑一本诗集，让它捎给老戴，不行，太重了，挂脖子上？也不行。要不，在它身上背个背包吧，我动手缝一个，把诗集装进去，给老戴捎过去，让他也高兴高兴。

我说，小军，有个事情我一直想问你，你说为什么老戴从监狱里出来之后就再不愿见你了？我原先以为，是因为他从监狱出来后既没了工作，也没了身份，而你出来后却被平反恢复了工作，他心里多少有些不平衡，可到后来，我又觉得事情并不是这样的。

桑小军盯着天花板吐了两个烟圈，淡淡笑道，你连这个都没想明白啊，老戴一半是因为我进去的，为了进去陪我，另一半是为他自己的自由，他想要的真正的自由，老戴是何等人物，他怎么会愿意让我为他感到愧疚和不安呢？我知道，他不想让我看到他后来的样子，他觉得自己不够体面，怕我见了他会难过会不安，所以我也就尽量不去找他，这才是给他自由。

我站在窗前看着远处的金色山峦,久久说不出一句话来。

转眼又到了夏天,这天,大鸢真的又来到了我窗前,捎来了戴南行的一封信。信里画着一张手绘地图,地图上有山峰有河流,河流上标注着碛口渡和乾坤湾,我认出来了,这不是黄河吗?又在河岸上画了一座亭子,旁边标注着"鹤亭"二字。地图背面写着一句话:"老赵,邀你来鹤亭喝茶,独自前来便好,勿叫小军。"

我大惊,莫非是戴南行回来了?只是那黄河边一片荒芜,没有人烟,更没有见过什么亭子。我没有告诉桑小军,只把那瓶桃花酒背在身上,便独自前往黄河边赴约了。地图上画的,是位于碛口渡与乾坤湾中间的一片河滩,我印象中,那里只长着几丛沙棘树,此外就是无边无际的黄土还有旁边的黄河,别的什么都没有了。我没有坐车,而是像年轻时候一样步行到了黄河边,以作为一种对往昔的缅怀和致敬。爬到最高的一座山梁上往周围一看,夕阳已经开始西下,群山波澜起伏,层层叠叠,山的外面还是山。在群山之间,一条雄壮的大河奔腾而过,一直伸向无限远的地方,夕阳就在那水天交接之处,真正是长河落日圆。不一刻,夕阳的余晖就把西边的天空,把沟壑纵横的黄土高原和九曲蛇形的黄河通通都染成了金色,天地间一片辉煌的肃穆。

我终于找到了,金色的河滩上居然真的孤坐着一座小棚屋,简直像沙漠里的龙门客栈,莫非这就是鹤亭?我慢慢走到那棚屋跟前,心里一阵激动,又疑心这只是一个梦,疑心这棚屋并不是真实存在的,有时候梦境太逼真的时候,我就不愿醒来,情愿在梦里待着。在梦里,总有已经消失的人和事从远方赶来,已经去世的父亲、奶奶、姑姑,穿着喇叭牛仔裤的戴南行,纷纷从远方赶来,不是坐车,不是坐船,他们乘着风,乘着雨滴,乘着梦貘,乘着一切无形之物进入我梦中,与我相会。有时候我觉得,梦境真是人类的一大发明,供无处可去的人们藏身之用。

只见这棚屋很是简陋,是用一些木棍和木板搭建起来的,四处透风,看上去摇摇欲坠,说是"亭"真是有些牵强了。仔细一看,木板上有洞,竟是船木,门口挂着一块木匾,上面刻着两个字"鹤亭"。我走进了屋子里,里面更像一个梦境。没有人,中间有一张桌子,也是用船木做的,桌子上摆着几只陶土做的茶杯和碗,还有一只陶土烛台,有点返回到了石器时代的感觉。除了这一张桌子和两把树根做的凳子,就再没有一件多余的家具了。

一天当中最后的余晖正在迅速消散,屋子里也跟着暗了下去,我这才注意到屋里还是有活物的,墙角有一团蓝色的火苗正在跳动。只见角落里放着半截破陶罐,里面燃着几截木柴,吐出了蓝色火苗,正好当成炉灶,灶上架着一只茶壶正在烧水。借着火光,我看到墙上的木板上有字,是用毛笔写成的王羲之的《兰亭集序》:"此地有崇山峻岭,茂林修竹,又有清流激湍,映带左右,引以为流觞曲水,列坐其次。虽无丝竹管弦之盛,一觞一咏,亦足以畅叙幽情。"字体越发俊朗飘逸。又见地上摆着几只歪歪扭扭的土罐,里面种着些花草,我拿起那土罐细细端详,土罐十分粗糙,但自有几分野性之美,我心想这些拙朴的陶器莫非都是戴南行自己烧出来的?他简直变成了一个神奇的吉卜赛人。光线越来越暗了,天火烧尽,群山熄灭下去,整座屋子也向大地深处坠去,与此同时,那团蓝色的火光越发澄净明亮起来,像一种可怕的笑容。

我正盯着那火光发呆,忽然有一个人影飘了进来,我吓了一跳,还未开口,就听见那影子稳稳地叫了一声,老赵。戴南行的声音倒是未老去,我激动地朝那影子扑过去。但戴南行只简单地和我握了握手,然后拿起桌上的半根蜡烛,凑到火光旁边点着了,插在了陶土烛台上。烛光立刻在黑暗中挖出一个洞来,我和戴南行面对面地坐在洞中。我们像退回到了几百万年前的大洪荒时代,正坐在原始人的洞穴里。

只见他苍老了不少,眼窝深陷,颧骨突出,眼角已经有了明显的皱纹,顶着一头胡乱剪过的头发,一大半是灰白的,估计是他自己剪的。不过大体还是七年前的样子,只是老了些,枯了些,比我想象的要好,我以为我会看到一个穿着树叶的野人或者看到一个人留着一个托尔斯泰式的大胡子,又嫌大胡子碍事,便用橡皮筋把这个巨大的胡子扎成辫子。其实老了的何止他一个,这些年我也开始变老了,想起十八九岁刚上师专的时候,我们就以老戴和老赵相称,唯独对桑小军却一直以小军相称,有时候,他越是彪悍,我们就越想把他当小孩子对待,一个戴着面具拎着花锤的小孩子。如今,却是真正的老戴和老赵相对而坐了。

这时候炉子上的水烧开了,咕咚咕咚地响着,倒有了些红泥小火炉的意境。他起身提起水壶给我沏茶,茶倒在我面前的陶土杯里,我有很多话想问他,又不知道该从哪里说起,问他都吃什么喝什么,又唯恐被他嫌恶。只听他很平静地说,老赵,这茶杯和茶壶都是我自己做的,不太美观,凑合着用,来,尝尝我的茶吧,这茶叫月空茶,我曾在福建的深山里寻到一棵千年老茶树,这么老的树其实已经不是树了,已经步入妖的行列了,物老就会成精,这是自然界的规律,我在老树上采了些鲜嫩的叶子,又采了些千里香焙进去,千里香是只在月光下才会开的花,花香吸足了月光,有一种极致的阴柔,喝这样的茶就像喝月光一样静美,让人心里能生出纯白色的光辉。还有这种寒香茶,待会儿也尝尝,是用雪中芭蕉和红梅焙成的,我记得那天行走在江南,积雪初霁,红梅次第开放,雪光中芭蕉掩映着红梅,寒香阵阵,我忽然想到,天下之大,万物之美,什么不可以用来沏一杯茶呢?何必一定要拘泥于某种形式。所以我后来又做了风竹茶、生云茶、冰壶茶、四照茶——四照取义于《山海经》中的意韵:招摇之上,其花四照。

他说话的语气实在过于平静,没有伤感,也没有激动,好像我们俩昨天才刚刚面对面喝过茶,但我一个人痛哭流涕地怀旧显得也很滑稽。我喝了一口茶,一股土味,我便问,你用什么水泡茶?他咧嘴一笑,仍然是多年前的那种笑容,近于天真,他说,当然是黄河水。我说,黄河水那么浑,也能喝?他说,黄河的源头本是雪山,纯净的雪山水从卡日曲和约古宗列曲发源后,形成一段极美的河道叫孔雀河,孔雀河向东流淌进入星宿海,再经星宿海流到扎陵湖,是后来经过了沙漠和黄土高原才有了泥沙,再说了,有泥沙怕什么,沉淀一下不就行了,黄河之心其实仍在雪山之上。

我又环顾了一下这间棚屋,说,没有床,你晚上住哪儿?他又一笑,往门外的黑暗中指了指,说,天地之大,哪里还没有个睡觉的地方,黄河边的石头上、废弃的窑洞里、树上、月光下,或者想在哪里睡了,随便往哪里一躺就是,躺在大地上的时候,人的神经会像植物的根系一样向大地深处生长,所以我能听懂来自大地上的各种声音。我能听到大地上流浪着很多古老神秘的方言,有的方言里飘着雪花,有的方言里落着雨,有的方言从北方一直迁徙到海边,有的方言正在死去,一种方言就是一首诗歌。我能听到黄河走路的声音,听到它在唐乃亥发出的喘息声,听到它在河套平原悠闲地打着口哨。我还能听到群山对话的声音,昆仑山用的是吐蕃语,喜马拉雅山用的是梵语,祁连山用的是蒙古语。

我打断他说,老戴,你这些年到底过得怎么样啊?你终于想起回来了。

他说,我这些年的生活都已经在信里告诉过你了,至于为什么要回来,我想回来看看黄河,看看老朋友。

我说,那你怎么住这里啊?你都吃什么?没水没电的,和原始人差不多,还是回城里住吧。

他说,那天我走到这里的时候,正好看见岸上搁浅着一条老木船,龙骨都断了,早没人要了,我就把它拆了,用船木做了这鹤亭,又做了张桌子,我可以用这桌子喝茶、参卦、写诗。老木船和鲤鱼都是黄河送给我的礼物,我收了它的礼物自然就在这河边住下了。再说了,住在哪里不一样呢?就是睡在床上,床是用树木做的,那同样也是受了大地的馈赠。

我想起他多年前半夜躺在破庙里倾听自然之音,或者躺在雪地里数星星的行为,竟与现在一脉相承,没有半点出入。我想,这也是这么多年里,无论他行为如何疏狂怪诞,我和桑小军都以认识他为骄傲的原因。听到他说还在写诗,我下意识地摸了摸装在身上的那本诗集,犹豫了片刻,还是没敢掏出来。烛光在过于庞大的黑暗中跳动着,赋予这张桌子一种奇异的舞台效果,以至于我们说的话都具有了一种歌剧般的庄重。我努力想打破这种庄重,便笑着说,你这个人哪,又不是没有房子,为什么不回去住呢?回去住多少舒服些。

戴南行起身走到炉前添了把柴,壶里又加了些水,他静静看着火苗舔舐着壶底,对着火光说,你记不记得多多的那首《入屋》?诗里写道:"但屋在何处,如无终极,就不必寻找。"诗的最后一句是"再次入屋,不为居住"。那套房子本来就不属于我,我迟早要把它还给小军的,那是他牺牲自己的尊严换来的。

往事在黑暗中一幕幕掠过,我有一种沧海桑田之感。终于听到他提到桑小军了,心里有些高兴,便赶紧趁机说,老戴,哪天我把小军也一起叫来吧。你可能还不知道,他后来从学校辞职了,开了几年货车,拉焦煤,后来自己又做了点小生意,我们仨好多年没一起聚过了,哪天一起聚聚吧。

我故意避开不提桑小军现在的经济状况,怕伤他自尊,但转念一想,戴南行要是在乎这种事,那还是戴南行吗?他背对着我又往炉子里添了几根柴,守护着那团小小的火光,好半天才说,老赵,有时候,不见的意义甚于见过,只要我一直还在他想象中的远方,还在写诗,对于他来说,就是一种心灵上的安慰。我知道,自从他不写诗之后,他心里就认为,我写的每一首诗都有一半是属于他的,我不光在为自己写诗,也在为他写诗。如果我再写不出一首诗了,那就是诗人桑小军的死亡之日。可是,我希望那个桑小军活着,那个从他内部分裂出来的桑小军,纯净、柔软、忠诚。尽管,死亡就栖息在所有的诗歌当中。

我想起桑小军和我提到过的那个设想,建一个诗歌博物馆,去祭奠和凭吊那些在岁月里消逝的诗人,原来他自己也位列其中。只是,自己凭吊自己的时候,会不会陷入一种恍惚,究竟哪个自己才是真实的?我的手再次伸进口袋里,摩挲着那本已经被我焐热的诗集。忽然,我心一横,像拔剑一样把那本诗集拔了出来,用力甩到戴南行手中,语气很快地说,这是你的诗集,是桑小军帮你找出版社出的,你写了这么多年诗,也该有属于自己的一本诗集了。说罢,怕他问我是不是自费出版的,赶紧又说,有本自己的诗集总不是坏事，也算是一种对岁月的见证，我们这些人从二十世纪八十年代走到九十年代又走到现在，就像坐着过山车一样，一路上什么风景都看过了，现在我们都不年轻了，总要有点见证才算没有白来这世上一趟。

他并没有说话，只是就着火光，认真地翻了几页诗集。这时候桌子上的蜡烛燃尽了，烛光化为一缕青烟，只剩下炉子里的那团火光。我看到火光里的戴南行专注地看着诗集，像一个远古的巫师，而火光照不到的地方则是深不见底的黑暗。忽然，戴南行做了个动作，他把诗集塞进了火光里。红色的火光猛地蹿了起来，在那一瞬间，我看到我和戴南行的影子都被投在了船木上，斑驳阴森，像被沉在水底的魂魄。黑色的纸灰飞起来，又纷纷扬扬落下去，是诗歌们的亡灵。戴南行看着火光说，老赵，其实我早已经有自己的诗集了。你还没有想明白，到底什么才是真正的诗集,春日的雨滴、夏日的蝉鸣、秋日的凉风、冬日的雪花,把这无法留住的一切做成标本,就是诗。每一株植物是诗,每一个星座是诗,跳动的烛光、炉子里的火苗、茶杯里的新茶都是诗,蜜蜂采的蜂蜜是金色的诗,夜是黑色的诗,友谊是血红色的诗,所有的这一切放在一起就是诗集。其实,诗集最古老的定义,就是关于植物的合集。一定要把诗关在这样一本薄薄的册子里,反倒是不给它们自由了。

火光渐弱,我和戴南行走出鹤亭,来到黄河边,坐在一块巨石上,我掏出那瓶桃花酒,我们像多年前一样,一人抱着酒瓶子闷一口,再传给对方。黑色的夜空倒扣在大地上,大地上没有一丝光亮,连河水都是黑色的,从我们脚下流过的时候,带着一种可怖的幽冥之气。而古老的星座像神话一样悬挂在我们头顶,就连我们脚下的巨石也散发出某种精神场域,仿佛天地之间的一切都拥有了自己的灵魂。

不知不觉间就把一瓶酒喝完了,我和戴南行躺在巨石上看着星星。我说,老戴,你记不记得上师专的时候,你躺在雪地里数星星? 你真是个天生的诗人。半晌,他说,老赵,其实我年轻的时候也不是不想成名成家,也有英雄主义,但我现在已经不想成为什么诗人了,因为,一旦你想成为某个人物,你就不再自由了。我漫游了这么多年才明白了什么是真正的漫游,就是不急着找到终点,也不想快快到达哪里或急于让自己变成什么。而漫游与自由永远是一体的,真正的自由就是,我坐在这河边,看着河水,看着黑夜,数着星星,发现万物静美,内心里温柔宁静,没有一丝恐惧,对我来说已经无所谓得到和失去,现在任何人任何事都勉强不了我。你不要觉得我是因为在人类社会中混得不好,一无所有,所以羞于见人,也不要觉得我是在刻意避世隐居,你这样想都是对我的侮辱。你还没有意识到吗?其实我就坐在某个坐标的正中央,就沉在自我的最深处。

我看着满天星斗,心里忽然感受到一种巨大的纯净与悲怆,差点落下泪来,却一句话都说不出来。

我们就那么躺着,直到月亮从天地相扣的地方升了起来,是一轮有些残缺的下弦月。随着月光涌向大地,河水开始发光发亮,然后,渐渐变成了一条银色的大河,蜿蜒在一片混沌的天地间。银色的波光反射在石头上,还有我们的手上和脸上,好像我们来到了一重奇异的水晶空间里,一切看上去都晶莹剔透。我又想起了戴南行多年前发明的"异托邦",在所有时间中断的地方,它就出现了,通往神秘和安宁。

戴南行看着河水,忽然对我说,老赵你看,河水开始由阴而阳了,到了明天日落时分,它还会由阳而阴。天地之间,阴阳是随时都在转化的,也就是说,失去的时间其实并没有真正失去,古代和现在就是一回事。我原来以为二十世纪八十年代的酒神精神和理想主义到了二十世纪九十年代以后就彻底消失了,为此经常怀念那个时代,后来我想明白了,它们其实并没有消失,只是由阳而阴了,只要时光不灭,人类一息尚存,它们就还会由阴而阳。天地大化,阴阳相合,本就无生无灭,所以,老赵,要是有一天我不再给你写信了,你也别以为我是死了,天地之间本就没有生死,只有过客。还有件事我得嘱托给你,我这几年陆陆续续写了一些诗,有个三四十首吧,我把这些诗留给你,你每年给小军一首,就说是我的鸽子给你送来的,这样,我就能再陪你们几十年。你们活到八十岁,我就能陪你们到八十岁,你们要是活到一百岁,那我就陪不了你们了,剩下你们两个白胡子老头儿,下下棋也挺好。

　　我在黑暗中愣了半天才忽然明白过来,他这是在和我道别了。我猛地从石头上跳起来,一把将他拉了起来,他轻得吓人,我只一只手就把他整个人提了起来。我就着月光端详着他的脸,我刚才怎么没想到呢,他这么多年在外风餐露宿,居无定所,根本吃不到什么像样的东西,身体怎么可能好呢。我有些语无伦次地说,你是不是病了?你得了什么病?走,跟我回去看病去,有病就治,这里治不好还有省城,省城治不好就去北京,总能治好的,我们现在就回去。

然后我拖着他就往前走,在乱石堆里踉跄着走了几步,我们都摔倒了。他倒在地上哈哈大笑起来,说,老赵,你真是白认识我这么多年了,你为什么一定要把我想象成是死了呢?你可以想象我就存在于这黄河中,想象我存在于一朵桃花里、一只蜜蜂身上,存在于太阳从黄土高原升起之时,存在于风中、月光下、夕阳里,存在于一切可能的地方。不要怕看不见,就是无形无相的东西,想得久了便也成了真的,真与假也是相互转化的,一面是时间的阴面,一面是时间的阳面,在你看到那个阳面的时候,那个阴面也是同时存在的, 你可以认为一个人死了,也可以认为,他只是存在于一切可能存在的地方了。

我的眼泪哗地流了下来,戴南行和我一起立在河边,只是笑而不语。

那晚,我们就睡在了黄河边的大石上,像多年前那样,枕着碛声,沐着月光,聊着文学和诗歌,聊到后半夜,不知不觉就睡着了。早晨我被淙淙的河流声叫醒才发现,周围已经没有戴南行的影子了。于是我一边沿着河流走,一边四处寻找他。我发现河边的一些大石头上长满了诗歌,有的是完整的一首,有的只有一句,显然是戴南行写上去的。从这些石堆中穿行而过的时候,会产生一种奇妙的感觉,仿佛我不小心又走进了一处异托邦,这里介于图书馆、坟墓、歌剧院和博物馆之间,静穆、安详、神秘。

我沿着黄河走了很久都没有看到戴南行的身影,便又折了回去,鹤亭里是空的,炉火早已熄灭,茶壶里的水尚有余温。然后我看到桌子上放着一沓参差不齐的纸,有信纸、稿纸、包装纸、烟盒、餐巾纸,还有从小学生的田字本上撕下来的纸,每一页纸上都写着一首诗,或长或短。我一页一页地看下去,其中有一首诗名叫《棣棠》:

　　　　一滴雨珠

　　　　又一滴雨珠

　　　　因与棣棠花有约

　　　　从遥远的晴空

　　　　长驱直下

　　　　轮椅上的母亲

　　　　不让我为她撑伞

　　　　她说,她忆起了谁的诗句:

"因为花朵的渴望，

人间才有了春雨。"

从此以后，那只叫大鸢的鸽子也再没有来过我窗前送信。有时候我觉得我再也不会见到戴南行了，还有的时候，我觉得我每天都在和他见面，在夕阳里，在月光下，在每一朵桃花里，在每一片金黄的落叶里。

后来，我自己也养了一只鸽子，和戴南行那只如同孪生兄弟。我训练它送信，只给一个人送信，桑小军。于是，它每年只送一封信，每一封信都是一首戴南行的诗歌，写在信纸、稿纸、包装纸、烟盒、餐巾纸，还有从小学生的田字本上撕下来的纸上。他从没有回过信，只有一次，鸽子回来的时候，腿上绑着一张小纸条，我打开一看，是桑小军的字迹，上面只有一句话："老戴，你在诗歌的尽头等我。"